KB010755

운 좋은 방아깨비

운 좋은

방아깨비

펴 낸 날 2019년 1월 28일

지 은 이 김덕임
펴 낸 이 천정도
편집주간 이기성
편집팀장 이윤숙
기획편집 정은지 최유윤 이민선
표지디자인 정은지
책임마케팅 임용섭, 강보현
펴 낸 곳 도서출판 정원의 서
출판등록 제 2016-000060호
주 소 경기도 용인시 처인구 남사면 봉무로153번길 70-5
전 화 02-553-7350
팩 스 02-588-8855
홈페이지 http://bookofjeongwon.modoo.at
이 메 일 rightway1019@naver.com

• 책값은 표지 뒷면에 표기되어 있습니다.
ISBN 979-11-965964-0-8 03810

• 이 도서의 국립중앙도서관 출판 시 도서목록(CIP)은 서지정보유통지원시스템 홈페이지(http://seoji.nl.go.kr)와 국가자료공동목록시스템(http://www.nl.go.kr/kolisnet)에서 이용하실 수 있습니다(CIP제어번호: CIP2019001051).

김덕임
수필문학
2집

운 좋은
방아깨비

우리는 살아가면서 사방팔방이 절벽으로 막혀
감당키 어려울 때가 있다. 그럴 때면 오직
한 곳, 열려있는 하늘을 올려다보게 된다.
유리병 속에 갇혀버린 방아깨비는….

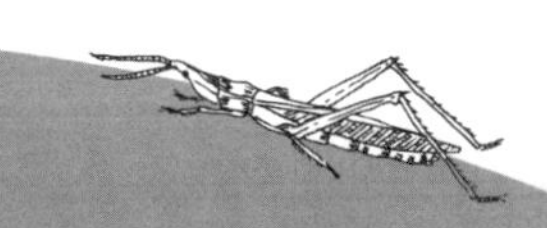

에서 만난 **구체적인 일상**과
물체험에서 얻은 **정감적 사유**의 다양한 빛깔을 만나다.

정원의 서

표사

:: 작가란 세상을 깊이 통찰하는 눈과 넓게 해석하는 마음을 가진 사람이다. 따라서 글이란 이러한 보고 겪은 사물체험에 정신의 옷을 입히는 숭고한 작업이다. 이번 김덕임의 두 번째 수필집 『운 좋은 방아깨비』는 1집 『심껏 살다 보면 좋은 끝이 올 겨』보다 더더욱 재미있고, 성숙한 사유와 세련된 필치로 수필문학의 정수를 보여준다. 그녀의 글에는 크리스천인데도 불구하고, 불타의 무소유나 장자의 물아일체적 상상력은 물론 자코메티의 실존적 고뇌의 시선으로 대상을 관조하고 인간을 해석한다. 이순을 넘게 살아온 그녀의 길에서 만난 구체적인 일상과 사물체험에서 얻은 정감적 사유의 다양한 빛깔들, 나아가 이를 자신만의 언어 형상미로 가꾸어 낸 정치(精緻)한 글발에서 남다른 존재 의미와 생명적 가치를 읽게 된다. 50편의 개인사적 체취가 물씬 풍기는 이 드라마틱한 언어의 속살들은 분명 우리네 삶의 궤적이며, 바로 나 자신의 정신사적 물결이다. 그 우주적 통찰과 인간애의 생명적 상상 세계를 좇다 보면, 이 세상이 참 살 만한 가치가 있다는 것을 깨닫게 되고, 삶의 지혜도 얻게 되는 것이다. 게다가 이 글마당에서 놀다 보면 갖가지 토속

어들을 어디에서 뽑아왔는지 맛깔스럽고 주정(酒精) 같은 정감적 언어에 물씬 빠져든다. 온갖 비유를 동원한 시적 문장, 발칙한 상상력도 재미있고 달콤하다. 그녀만의 개성적 촉수로 소소한 삶의 심연을 꿰뚫는 창조적 언어작업은 분명 우리 수필 문단에 큰 자양분이 되어 새 바람을 일으킬 것이다.

문학평론가 · 경인교육대학교 명예교수

문광영

책머리에

:: 어머니가 첫아이 낳을 때 겪는 산통의 아픔을 어디에 견줄 수 있을까? 아마도 이를 낱낱이 기억한다면 둘째 아이를 선뜻 가질 수 없었을 것이다. 그런데 딸을 넷이나 낳은 필자이건만 산고에 대한 건망증이 참으로 심한 것 같다. 만삭의 배를 안고 정작 분만실 앞에 당도하면 그제서야 산통에 대한 기억이 벌떡 되살아나고, 떨리는 가슴은 마치 가스보일러처럼 웅웅거렸다.

2집 원고 정리를 마치고 나니, 마치 둘째 아이를 낳으려고 분만실 앞에 서 있는 내 모습 같다. 두려움과 설렘이 등줄기를 훑는다. 배 속의 아이는 달이 차면 낳아야 하는 법, 알몸의 글 꼬투리들에게 겨울이 오기 전에 톡톡한 옷을 입혀야 할 것 같다.

여기 허술한 무명저고리 한 벌 지어낸다. 그런데 성긴 홈질로 꿰맨 옷 여기저기에서 실밥이 삐져나온다. 어설프다. 엉성한 배냇저고리를 입고도 안도의 잠을 자는 글귀들. 천지를 분간할 수 없는 아이를 물가에 내보내는 어미의 심정 같다.

학창시절에 기말시험을 치르고 나면 결과에 늘 만족하지 못했다. '다음 학기엔 일취월장해야지.' 하며 스스로 위안을 삼곤 했다. 하얀 지면 위의 활자들은 변명도 못 하고 빠져나갈 구멍도 없다. 그저 '다음에는 좀 더 여물이 잘 든 글로 채우겠다.'는 넋두리 같은 다짐뿐이다.

나에게 있어 수필 쓰기는 살아온 내력의 회한이고, 독백적 성찰이며, 소요유의 등산로와 같다. 하지만 너덜겅 같은 길을 만나 옴짝없이 발이 묶이는 날도 많았다. 그래도 도사리 같은 글줄이라도 몇 줄 줍고 나면 겨자씨만 한 숨구멍이 뚫어지는 희열이 있어 밤새 키보드를 두들겼다. 그럴 때마다 가슴 속의 응어리가 풀어지고 남다른 카타르시스의 맛도 느꼈으며, 또 다른 내 자신의 아우라를 발견하는 계기가 되었다. 그래서 피톤치드와 같은 치유의 힘을 가진 이 수필문학의 길을 버리지 못할 것 같다.

지금까지 수필문학의 길을 걸으며 넘어지고 일어설 때마다 함께 해준 고마운 분들이 있다. 사랑하는 나의 가족들이 있어 든든한 디딤돌이 되었고, '경인문학'과 '에세이문학' 문우들이 있어 소중한 채찍질을 받았다. 본인의 의사와 상관없이 글 속의 소재가 되어주신 분들께 고서 고맙고 감사하다. 그리고 무엇보다 이 책의 출산을 위해 산파역을 다해 준 '정원의 서' 기획팀에게 한 아름의 풀꽃 다발을 전하고 싶다.

2019년 1월

김덕임

차 례

제1부_ 박하지게의 독백

제2부_ 부처를 만나다

제3부_ 빨대 없는 사회

제4부_ 수지맞은 외출

제5부_ 텃밭에서

제1장
박하지게의 독백

모든 생명체의 삶 뒤에는 죽음이 이어지고, 죽음 후엔 다시 삶으로 이어진다고 하는데. 도통한 집안 어른이 삶과 죽음이란 손 맞잡고 돌아가는 하나라고 했는데, 애달파할 필요가 있을까?

– 박하지게의 독백 중에서

호미병원에서

:: 온몸이 벌겋다. 호미는 모루 위에서 알몸으로 두들겨 맞고 있다.

쇠망치를 든 사내의 이마는 진땀으로 번들번들하다. 그는 작은 몸이 불덩이로 변해버린 몽톡한 호미를 엎었다 뒤집었다 한풀이하듯 두들긴다. 쇠와 쇠가 부딪치는 소리가 예사롭지 않다. 강자끼리 겨루는 힘의 꼭짓점. 아니다. 닳아버린 무쇠붙이에게 수백 도 불까지 먹여가며 마음대로 구부렸다 폈다 굴복시키는 영악스런 인간의 불 고문이다.

수원 지동 못골시장 '동래대장간'. 요즘도 누가 대장간을 찾을까? 그런데 오늘 그곳을 긴하게 찾게 되었다. 자루는 깨지고 날도 무뎌져서 고철이 되어버린 녹슨 호미를 데리고서.

이 호미는 시어머니가 생전에 쓰던 것이다. 그때는 어머니의 갈퀴손과 하나인 듯 경계가 없었다. 지금도 깨진 자루를 손에 쥐면 어머니의 온기가 배어나는 듯하다. 방창하던 풀벌레 소리에 화답하던 어머니였지만, 이 호미로 종종 살생도 저질렀다. 텃밭을 맬 때면 호미 끝에서 뭉실한 배추 애벌레의 배가 터지고, 머리가 깨지고, 초록빛

내장이 주르르 쏟아지기도 했으니. 어머니는 푸른 것들을 괴롭히는 벌레들을 보면 공산괴뢰군보다 더 철저하게 응징했다. 벌레들을 생매장도 아니고, 짓이겨서 존재를 완전히 무화시켰다. 호미는 어머니의 소중한 연장이며 해충을 퇴치하는 첨단 미사일이었다.

기세등등하던 무기가 세월의 녹으로 고철이 되었다. 그런데 '동래대장간'을 만나 거듭났다. 그 위용을 다시 찾은 것이다. 적어도 내게는 그리 보였다.

시골 살림을 정리하고 올라올 때, 장독 단지 몇 개와 맷돌 등 어머니의 손때 묻은 세간을 가져왔다. 호미는 운 좋게 거기에 끼어 왔다. 가까스로 수원까지 왔지만, 아파트에서는 딱히 할 일이 없다. 각진 신발장 서랍 속에서 주야로 주무셔야 했으니 숨이 막혔을 것이다. 그러던 차에 땅맛 볼 기회가 온 것이다.

호미를 들고 낯선 텃밭으로 갔다. 오랜만에 텃밭의 흙을 뒤지니 호미는 물을 만난 고기처럼 팔딱거렸다. 비록 호미 날이 방석니처럼 무뎌지고 자루까지 금이 갔지만, 그럼에도 가뭄으로 단단해진 흙살을 오달지게 파고들어갔다. 그리고 뿌리 깊은 바래기와 돌멩이도 척척 뒤집어냈다. 그런데 아뿔싸, 그렇게 한참 돌멩이를 골라내다가 그만 탈이 나버렸다. 큰 돌멩이를 만나 콱 찍는 순간, 어머니 틀니처럼 덜겅거리던 나무 자루가 우두둑 부서지는 것이었다.

어렸을 때 고향 함평 문장장터 말미에는 자그마한 대장간이 있었다. 친정아버지는 낫, 괭이, 삽과 쟁기 보습까지 무디어지면 장날을 기다려 다 데리고 갔다. 아버지를 따라간 아이들은 감쪽같이 잿빛 새

연장이 되어 돌아왔다. '그래, 나도 지동 그 대장간으로 이 아이를 데려가면 신수를 환하게 고쳐주겠지?' 삶을 체념한 듯한 자루 깨진 호미를 신문지에 말아 들고 짬을 냈다.

요즘은 시골에서도 대장간을 보기가 쉽지 않다. 물어 물어서 재래시장 한 귀퉁이에 있는 대장간을 만날 수 있었다. 보통 키도 허리를 공손히 굽혀야만 들어갈 수 있는 곳이었다. 나지막한 함석지붕은 여기저기 때운 흔적이 많았는데, 헝겊을 덧대 기운 무명치마 같았다. 그래도 옛날 대장간의 모양새를 얼추 갖추고 있다. 발화 방식은 그때와 다르지만 불잉그락 같은 화로가 한눈에 들어왔다. 그리고 대장간의 좌장처럼 한가운데에 양반다리를 하고 있는 모루, 그 앙바틈한 모습은 이만기 선수처럼 단단해 보였다. 그 옆에는 돌확에 물도 가득 담겨있었다.

아저씨는 먼저 부서진 손잡이를 떼어냈다. 알몸의 호미를 벌건 조개탄 불에 넣었다. 호미는 신음소리를 사리물고, 푸른 불꽃 위에서 숨을 죽였다. 누구도 대신 가줄 수 없는 길. 화구 속으로 들어가는 관을 대신할 사람이 세상 어디에도 없듯이, 나는 불 속의 호미 앞에서 방관자일 뿐이었다.

겉으론 안타까워했다. 그러면서도 화덕 속에서 달궈지는 호미를 신기한 볼거리인 양 들여다보았다. 분명 그 순간 위선자일 수밖에 없었다. 불 속에 들어간 것은 자루 없는 호미인데, 내 몸이 불에 든 듯 몸서리쳐졌다. 남의 극한 불행으로 인해 나의 평범한 일상에 안도하는 소인배라니….

잠시 후, 타는 노을 속에 잠겼다 나온 듯, 달궈진 호미가 집게에 물려 나왔다. 아저씨는 모루 위에 벌건 호미를 올려놓고, 손바닥에 침을 탁 뱉으며 쇠망치를 쥐고 내려쳤다. 벌거벗은 호미는 흡사 수술대 위에서 생면부지 외과 의사에게 몸도 마음도 다 맡겨버린 말기 암 환자 같았다.

아저씨는 기침없이 망치를 들이댔다. 능숙한 외과 의사가 메스를 든 것처럼, 매품 팔던 흥부처럼 널브러진 호미를 간간이 집게로 집어 물두멍에 담갔다. 호미는 잠시 혼절했을 뿐, 아직 살아 있노라고 '피지직' 단말마를 내뱉었다. 아저씨는 얼추 두들긴 듯, 뜨거운 호미 꼬리를 매초롬하게 깎은 나무 자루에 박아 넣었다. 나무 자루는 제 몸속을 함께 태우며 벌건 호미 꼬리를 운명처럼 받아들였다. 천생연분, 궁합 좋은 신랑 신부의 만남처럼 보였다.

깻잎만 한 호미 부리는 욕정으로 활활 타던 불길을 삭히고, 진한 잿빛으로 안정을 되찾았다. 호미는 저어새를 닮은 갤씀한 목을 대장간 아저씨에게 공손히 숙였다. 그 마음 나도 알 것 같다. 디스크로 점점 기울어가는 나의 허리뼈도 저 화덕에 달구어 보고 싶다. 모루 위에 엎드려 호미처럼 두들겨 맞으면 곧추세워질까?

쇠 냄새 물씬 나는 호미를 들여다보았다. 무딘 날이 잘 벼려졌다. 자루도 짱짱했다. 자루를 잡으니 손에 착 감겼다. 이 호미는 한평생 남도 땅에서 어머니와 함께했다. 어머니 치마끈에 매달려 살던 아이.

그 아이는 이제 무한의 과거를 내포한 채 용인의 자그마한 텃밭에서 나와 함께 또 한 생을 시작할 것이다. '심심하지 않게 또래를 붙여

주자.' 대장간 진열대 위에 줄지어 누워 있는 고만고만한 호미 중에 한 친구를 골랐다. 두 자루 나란히 신문지에 말아 쥐고 오는데, 둘은 벌써 하나가 된 듯 내내 종알거렸다.

2017.06.

2018년 『에세이문학』 20선

박하지게의 독백

∷ 내 비록 못났지만 주인아저씨의 밥상에서 항상 중심을 차지한다. 그래서 다른 반찬들의 부러움을 산다. 죽어서도 영광이다.

국어사전에도 없는 이름, 박하지게. 여수 한려수도 해변에선 돌 밑에 숨어 산다고 해서 일명 '돌팍게'로도 불린다. 나의 외모는 꽃게, 참게, 찔룩게보다 훨씬 못하다. 그러나 간장게장을 잘 담그는 주부들은 게딱지와 집게발이 몽톡하여 볼품없는 나를 더 찾는다. 꽃게보다 단단해서 오래 두고 먹을 수 있단다.

지금 나는 수원 지동시장 어물전에 있다. 어느 서녘 바다 바위틈을 유영하다가 어젯밤 느닷없이 그물에 걸려들었다. 그리하여 영문도 모르고 통통배에 실려 소래포구까지 왔다. 목소리 큰 아주머니의 거친 손길 따라 그물망으로 옮겨졌고, 내 의지와는 상관없이 수조차에 실려 여기까지 온 것이다. 내가 씩씩하게 살아있을 때 팔아야 한다며 머리털이 까치집 같은 수조차 아저씨는 일사천리로 내달렸다. 산 게와 죽은 게의 몸값 차이는 하늘과 땅 차이란다. 삶과 죽음이 한 길 위에 있는 줄 알았는데…. 내 목숨붙이가 그렇게 대단한 것을 이제 알았다. 바다에서 열 개 다리에 힘주고 살걸. 바위 밑에 숨어서 전전긍긍했던 게 억울하다.

난생처음 수조 차를 타고 육지에 상륙했다. 빠른 속도에 어지럽고 목도 말랐다. 누가 물 한모금 주지 않는다. 어물전 아주머니는 나의 몸값에만 관심이 많다. 기진맥진한 내 몸에 주먹만 한 얼음덩이만 연신 퍼붓는다. 등딱지가 얼어 깨질 것 같다. 발도 시리다. 내장까지 얼얼하다. 이때다. 지나가던 초로의 주부가 그물 속에 갇혀서 버둥거리는 나를 눈여겨본다.

"이 박하지게 3kg만 주세요."

얼음덩이에 깔려서 마디숨을 쉬다가 목화솜 같은 그녀의 목소리에 귀가 번쩍 띈다. 아주머니는 주섬주섬 담아 쿠션 좋은 접시저울에 잠시 앉힌 후에 그녀에게 건넨다. 봉지 안이 훈훈하다. 그러나 거기에도 바닷물은 한모금도 없다. 천상의 거지 나사로에게 물 한 방울만 혀끝에 대어주기를 간청하던 지옥의 부자 마음이 이랬을까? 동료들도 갈증으로 입술이 하얗게 탔다. 모두들 열 개의 발을 허공에 휘저으며 물을 찾는다. 삼악도(三惡道) 중에 아수라(阿修羅)쯤 될 듯하다.

힘센 놈이 내 뒷발을 꼭 물고 놓지 않는다. 비명을 질러도 악몽을 꿀 때처럼 소리가 입 안에서만 굴러다닌다. '박하지게 살려요!' 바다를 가슴에 안고 검은 봉지 안에서 이렇게 생을 졸(卒)하는가 싶었다.

지동시장 좌판에서 이곳 주방 싱크대 위까지 오는데 30분 정도 걸렸다. 하지만 우리에겐 여삼추(如三秋)가 아닌가. 그녀는 우리를 수도 꼭지 밑에 쏟아놓는다. 아~ 그토록 찾던 물이다. 소낙비처럼 쏟아진다. 모두들 열 발을 들어 환호한다. 비록 밍밍한 수돗물이지만, 말라가던 등딱지에도 윤기가 돌아오고 힘이 생긴다. "앉으면 눕고 싶다."라는 옛말처럼 생기가 좀 나니, 소래포구 앞바다로 돌아가고 싶다. 안테나 같은 눈을 길게 빼고 주위를 살핀다. 그래 이때다. 탈출하자. 뒷다리를 물고 있넌 친구가 동행하잔다. 혼자보다는 둘이 도망하는 게 덜 무섭겠지? 들킬 염려는 더 많지만, 알량한 계산을 하며 의기투합을 한다.

싱크 볼의 높이가 만만치 않다. 그래도 발레리나처럼 열 개의 발끝에 힘을 모아 펄쩍. 스릴 넘치는 쇼생크 탈출이다. 이제 88cm인 싱크대가 문제다. 등딱지가 깨지더라도 뛰어보자. 여기서 죽으나 탈출하다 죽으나 매일반 아닌가.

키 높이의 수십 배인 싱크대 위에서 적장을 끌어안은 논개처럼 뛰어내린다. 그녀처럼 적장과 함께 죽기 위해서가 아니다. 오로지 친구와 함께 살아서 바다로 가기 위해서다. 하지만 바닥이다. 흙도, 모래도 없는 민바닥. 빙판보다 더 미끄럽다. 인간들은 이런 곳에서 어떻게 꼿꼿이 두 발로 걸을까? 발이 열 개라도 무용지물인데…. 1보 전진, 2보 후퇴를 반복한다. 갈 길은 먼데, 싱크대 밑에서 헤매다가 저물겠다.

그녀의 눈에 띄면 끝장이다. 내 뒷발을 물고 죽을 둥 살 둥 따라오는 친구가 이제는 짐스럽다. 토사구팽(兎死狗烹). 이 친구를 버리고 싶다. 좀 전까진 내가 두려워서 필요하던 동료다. 생사 갈림길에선 부담된다. 그럼 안 되겠지. 그건 내가 가장 싫어하는 인간들의 비열한 모습이니까. 잠시 품었던 못된 생각으로 인해 구슬땀을 흘리는 친구에게 측은지심이 든다. 함께 싱크대 아래로 미끄러지며 버둥거린다.

'아뿔싸! 이렇게 빨리 그녀의 눈에 띌 줄이야.'

"너희, 어느 바다로 가려고 하니?"

그녀의 인정 어린 한 마디에 실낱같은 빛을 본다. 그러나 여지없다. 삼겹살 구이 집게로 번쩍 집어 껌껌한 곳에 누인다. 아~, 신음을 삼킨다. 우리는 좁고 앙바틈한 옹기에 산 채로 포개져 위리안치된 것이다.

잠시 후, 새까만 물이 온몸에 쏟아진다. 아까처럼 수돗물이 아니다. 냄새도 독하다. 웬 까만 작달비? 가까스로 숨을 고르던 우리는 최후의 발악을 해본다. 초능력을 발휘해서 단지 아구까지 뛰는 놈도 있다. 말짱 헛일이다.

꿈꾸던 탈출은 실패했다. 그러나 깜깜한 옹기 안이 결코 함정이 아니겠지. 혹시 대자연에 드는 길이 아닐까? 모든 생명체의 삶 뒤에는 죽음이 이어지고, 죽음 후엔 다시 삶으로 이어진다고 하는데. 도통한 집안 어른이 삶과 죽음이란 손 맞잡고 돌아가는 하나라고 했는데, 애달파할 필요가 있을까?

인간들이 보기엔 하찮은 먹잇감이겠지. 그들은 그저 밥도둑인 간장게장으로만 여기겠지. 헌데 영원한 시공(時空)을 지배하는 신(神)이 우리를 본다면 어떻게 볼까? 아침에 잠자리에게 잡아먹힌 하루살이의 치지와 천수를 다 누리고 저녁때 베미의 입에 들어간 하루살이의 생은 어떤 차이가 있을까?

2017.07.

삼익피아노

:: 나를 가장 아껴주던 아가씨가 직장을 따라 평택으로 떠났다. 다른 가족들은 소 닭 보듯 내게는 관심도 없다. 아가씨의 빈방에 우두커니 앉아 주말을 기다린 세월이 두 해째가 되었다. 그런데 놀라운 일이 생겼다.

이 댁에 기거한 지도 31년. 이제 종착역이 가까워진 듯, 몸 여기저기서 신호가 온다. 신경 줄은 낡은 속옷 고무줄처럼 헐렁하고, 울림통의 해맑던 목소리도 둔탁해진다. 내가 들어도 민망할 정도다.

주인 할머니의 상태도 요즘의 나와 오십 보 백 보다. 좀 걸으면 무릎에서 똑깍 똑깍 소리가 난단다. 내가 망가지듯이 할머니도 삭아가는 것이 눈에 보인다. 하기야 그 긴 세월 직장 생활하느라, 대가족 수발을 드느라 얼마나 혹사당해 왔는가? 난 이렇게 따뜻한 방에 편히 앉아 있어도 삭아간다.

가장 먼저 이상 증세가 나타난 곳은 내 몸의 가장 아래에 있는 댐퍼 페달이다. 고것이 덜거덩거리기 시작하더니 지금은 아예 주저앉아버렸다. 여태까지 죽음은 나와 전혀 상관없는 일인 양 무관심했다. 그런데 요즘, 죽음이 코앞에 다가와 내 것이 될 수 있다는 두려움이 엄습한다. 시름에 빠진 나를 할머니가 눈여겨본다. 내 가슴이 마냥 콩닥거린다.

"딸들의 손때 묻은 너를…."

'버려야겠다.'는 말을 차마 들을 수 없어서 귀를 막는다. 그럴수록 귀는 트럼펫 나팔처럼 열린다.

"그래, 너와 나 이제부터 반려 친구가 되어 보자. 그리해 줄 수 있쟈?"

순간 내 귀를 의심했다. 육중한 내 몸은 깃털처럼 창공으로 날아오른다.

"아무렴요. 그러고 말고요."

할머니는 내 덮개를 연다. 그리고는 나의 심벌인 건반에 쌓인 먼지를 닦는다. 그녀는 쉰두 개 하얀 건반과 서른여섯 개 검정 건반의 맥을 짚어본다. 정맥과 동맥 같은 88개 건반 중에 맥박이 제대로 뛰는 것이 몇 안 된다. 어떤 것은 소리가 끊기고, 탁하고, 또 어떤 것은 아예 묵음이다. 할머니의 손끝 온기에 그저 눈물이 난다. 심장이 멎을 것 같다. 오갈 데 없는 극한 사지(死地)에서 은인을 만나면 이런 마음일까?

그날 오후였다. 훤칠한 의사 선생님이 큼직한 왕진 가방을 들고 방문했다. 초면인 그분 앞에 염치없이 벌거벗었다. 너무 중증이니 수치심 같은 것은 온데간데없다. 선생님은 뿌리 썩은 치아 같은 건반을 통째로 들어낸다. 내 몸을 완전히 분해해버린다. 역시 댐퍼 페달에 먼저 손이 간다. 건반으로 연결된 쇠파이프 용접 부위가 삭았으니 어쩌랴. 돌배기 발자국만 한 페달은 아가씨의 백옥 같은 오른발과 스킨십이 많았던 부위이다. 아가씨의 뽀얀 발 감촉이 뼈 속까지 사르르 전해온 곳인데. 주말이 되면 기린 목처럼 늘이고, 그녀가 다가오길 얼마나 기다렸는가.

선생님은 파이프를 들고 용접 공업사로 향한다. 엄살 한 번 부리지 않던 나의 뼈 한 토막은 생면부지 용접공의 손에 쥐어진다. 카바이드 불꽃이 새파랗게 튄다. 난생처음 맞닥뜨린 불꽃의 위력은 대단하다. 뼈가 녹아내린다. 어금니를 꽉 물어본다. '단단히 잘 붙어야 산다. 불꽃으로 백 번 지진다 해도 견딜 것이다.' 제아무리 뜨겁다 해도 억겁을 타오르는 지옥의 유황불보다는 덜하겠지. 이 고통 또한 지나가리라.

이번에는 건반의 신경 줄을 늦췄다 조였다 하며 치밀하게 조정한다. 끊어진 맥들이 기를 찾은 듯 하나씩 살아난다. 맥박의 높낮이까지 쪽 고르게 조율해간다. 과연 명의이다. 처음의 내 목소리를 얼추 찾아낸다. '아~, 이런 일이!' 선생님의 은혜는 설악산 울산바위에 새겨지리라. 그동안 내가 잘나서 비단실 같은 곡들을 자아내는 줄 알았다. 그것도 모르고 혼자 잘난 척 얼마나 교만의 목을 세웠던가. 명의 선생님은 그날 어둑발이 져서야 가방을 챙겨 돌아갔다.

세상의 모든 만남은 필연이며 예정인 것 같다. 할머니와 반려 친구가 된 일이 어찌 우연일까. 무엇보다도 초로의 그녀가 나로 인해 새 꿈을 갖게 되어 참 좋다. 나 같은 폐품까지도 존재에 의미를 두는 할머니의 마음이 존경스럽다. 헝클어진 실타래 같은 마음을 정돈하고 환생의 기쁨을 만끽한다.

내 앞에 할머니가 다가와 나붓이 앉는다. 그리고는 네 자매의 손에 닳아서 나달나달한『바이엘』교본을 내 얼굴에 얹어 놓는다.

“자, 천 리 길도 한 걸음부터라는데, 우리 함께 놀아보자.”

할머니는 독수리 타법으로 자판을 치듯, 마디 굵은 손가락으로 내 건반 위를 ‘띵똥, 띵똥.’ 두드린다. ‘네, 할머니. 늦었다 할 때가 빠른 때라는 것 아시잖아요.’라며 용기를 보탠다. 할머니도 고갯장단으로 화답한다.

할머니의 음악적 감성을 오래전에 엿본 적이 있다. 그러니까 할머니의 막내딸이 따박 따박 걸을 무렵, 지금의 할아버지가 소형 포터블 전축을 사왔다. 가곡 LP판 몇 장도 함께 있었다. 그때 할머니는 서른세 살의 푸르른 미즈였다. 할머니는 테너 엄정행 씨의「가고파」LP를 걸어놓고 자주 들으셨다. 당시 눈물까지 글썽이던 모습이 선하게 들어온다. “내 고향 남쪽 바다/ 그 파란 물 눈에 보이네~” 잔잔한 곡이 됫박만 한 셋방을 가득 채우곤 했다. 33년 너머에 있는 그녀의 감성이 겨울밤 화로의 불씨처럼 되살아난다.

어느 날, 둘째 아가씨가 할머니의 떠듬거리는 건반 소리를 들었단다. 그리고 그날로 할머니는 둘째 아가씨 손에 붙들려 피아노 학원에 가서 상담하고, 덜컥 등록까지 했단다. 옳거니. 할머니 혼자는 용기를 내지 못할 텐데.

“이 나이에 피아노 선생님에게 민폐만 끼치지 않겠냐?”

뒤늦었지만 새로운 세계에 도전하는 할머니의 발걸음은 가벼웠고, 연둣빛 눈망울로 바뀌었다. 30년 전, 어린 딸이 처음 피아노 배우러 갈 때는 할머니가 보호자 역할을 했다. 그런데 오늘은 그 역할이 바뀌었다. 반포지효(反哺之孝)가 이런 것 아닐까.

할머니는 마음 끈이 풀리지 않게 다짐한다. '그래, 손주들 동요 반주반이라도 할 수 있게 심껏 배워야지.'

할머니의 잔잔한 피아노 반주에 손주들의 시냇물 같은 동요가 어우러져 흐를 날을 기대해 본다. '개나리 노란 꽃그늘 아래/ 가지런히 놓여 있는 꼬까신 하나/ 아가는 살짝 신 벗어 놓고/ 맨발로 한들한들 나들이 갔나….'

늦깎이 할머니와 나의 건강하고 아름다운 동행이 오래 계속 이어지길 고대해 본다.

2017.02.

소신공양

:: 수원 만석공원 저수지 뚝길에 개미떼가 장사진을 치고 있다. 길을 가로질러 개미들의 긴 줄 끝에 지렁이 한 마리가 엎드려 있다. 모여든 개미떼에게 한 판 공격을 당했는지 온몸에 흙고물을 뒤집어쓰고 있다. 할딱이는 마디숨 소리가 들리는 듯하다.

어제 내린 폭우로 땅속 구멍집에 홍수가 난 것일까? 눈도 귀도 팔, 다리도 없는 몸뚱이뿐인 지렁이. 간신히 기어나온 길바닥 위에서 떼강도를 만난 것이다. 버거운 몸을 보일 듯 말 듯 달싹인다. 그럴수록 개미들은 더욱 이악스럽게 달라붙는다. 얼룩말을 쓰러뜨린 하이에나들처럼.

어둡고 습한 보금자리로 향하던 그의 몸짓은 물에 젖은 창호지처럼 흐물흐물하다. 쨍 소리가 날 것 같은 가을볕 아래서 목이 얼마나 파싹 탔을까. 정신없이 찔러대는 개미들의 공격에 한 치도 나갈 수 없다. 거죽이 신살색으로 꼬독꼬독 말라간다.

이제는 실오라기 같은 명줄마저 기어이 놓아버린 것 같다. 지렁이의 생명은 끝났다. 개미를 통해 또 다른 삶의 옷으로 갈아입는 지렁이. 몸 보시를 한 것이다. 그러고 보면, 가해자와 피해자도 없다. 우주 만물이 종(種)을 넘어서면 모두 하나인 것을. 머지않아 나와 개미와의 관계도 저렇게 되겠지.

혹여 지렁이가 눈에 띌 때면 그 밀룽밀룽한 살갗이 징그러워 줄행랑을 놓는다. 그런데도 비 온 후에 마당이나 길 가운데로 겁 없이 굼실굼실 나서는 지렁이를 보면, 사람을 싫어하지 않는 것 같다. 가진 것이라곤 사지(四肢)도 없는 몸뚱이 하나지만 자연이나 우리에게 많은 이로움을 준다. 가령 건강한 땅에는 반드시 지렁이가 있다지 않은가. 나아가 끝내는 살 한 점도 남김없이 내어놓는 지렁이. 성자(聖者) 같은 '참살이'가 이런 것 아닐까?

땅에는 지렁이, 갯벌에는 갯지렁이가 있어 지구촌이 풍요롭다. 공중의 새와 물속의 물고기, 봄날의 노란 햇병아리와 두더지까지 그의 뼈 없는 육신을 성찬으로 삼는다. 사람들은 그것을 알고 영악하게 낚싯밥으로 사용한다. 전생의 무슨 인연일까? 자신을 혐오하는 인간을 위해 실오라기 하나 걸치지 않은 몸을 기꺼이 내어준다.

수없이 밟히면서도 지렁이는 다른 동물을 전혀 공격하지 않는다. 살상무기라고는 애초부터 갖고 있지 않다. 맹수 같은 이빨도, 매 같은 발톱도, 땅벌 같은 독침도 없다. 거기다가 남의 앞에 가려고 약은꾀를 부릴 줄도 모른다. 모두 양보하고 그저 온몸을 땅에 납작 낮추어 사는 비폭력주의자다.

때로 그는 적의 공격을 받아 몸이 반 토막 날 때가 있다. 그래도 내 몸 반토막 물러내라며 법정에 소송을 하지 않는다. 그렇다고 머리에 붉은 띠를 매고 모여서 농성이나 주먹질할 줄도 모른다. 그런 낙낙한 마음 때문일까? 그렇게 소실된 몸은 보름쯤 지나면 오롯이 자란다. 다시 온전한 지렁이가 된다. 불사신(不死身)이다.

내가 어렸을 때다. 어머니는 비가 온 뒤에 흙이 촉촉할 때면, 각종 채소 씨앗을 들일 텃밭을 다듬었다. 그때 오동통한 지렁이가 토막 난 채 호미 끝에 묻어나면, 애석해하며 흙으로 살짝 덮어주었다. 그렇게 해주면 "흙의 기운을 받아 끊어진 상처가 아물고, 잘린 반 토막도 자란다."라고 했다. 밭에 지렁이가 많으면 흙에 숨구멍을 뚫어주어서 좋다고도 했다. 밭이 숨을 잘 쉬면 채소나 곡식도 잘 된다고. 그 말씀이 그때는 참 신기했다. 지렁이가 흙의 마술사 같았다.

그때 어머니 곁에서 종알거리던 나는 토막 난 지렁이가 다시 자란다는 말씀에 엉뚱한 질문을 했던 기억이 난다. '소 꼴을 썰다가 작두에 엄지를 잘린 사촌오빠의 손도 흙 속에 묻어보았느냐.' 고. 그의 엄지는 영영 자라나지 않았고, 잘린 손가락만 흙에 묻었다고 했다. 그 사촌은 잘려나간 엄지 때문에 꽤나 늦도록 장가를 못 갔다. 맞선을 보면 매번 퇴짜를 맞았다. 그래도 훗날 천사 같은 노처녀와 연분이 되어 만났다. 그 노처녀는 "전쟁에 나가 사지를 다 잃은 사람도 있는데, 그깟 엄지 하나 없는 게 무슨 대수냐?"라고 했다. 그 사촌 오빠는 지금 손주들을 줄줄이 두고 흐뭇해하는 할아버지가 되었다.

이외수 작가는 그의 글 중에서 "하나님이 지렁이를 이 세상에 보내지 않았다면 지구가 오늘날 이토록 아름다운 초록별로 존재하지 않았을 것이다."라고 쓰고 있다. 우리가 혐오스럽다고만 여겼던 지렁이의 진가를 깨우쳐주는 대목이다.

인간 세계에서도 숨 막히는 사회에 산소 같은 사람들이 있다. 며칠 전 '경부고속도로의 의인' 같은 사람이 그런 사람이다. 운전 도중 그는 큰 사고를 목격하게 되는데, 전복되어 불길에 휩싸인 관광버스를 보고 그냥 지나치지 않았다. 자신의 차를 갓길에 세우고, 불길 속으로 달려든다. 그는 차창을 깨고 아수라장이 되어 있는 버스 안으로 들어가 부상자들을 밖으로 옮긴다. 그는 온 힘을 다해 출혈이 심한 환자들을 자신의 차에 태워 병원으로 달려서 네 명의 생명을 건진다. 그곳에서 숨진 사람이 열 명이나 되는 큰 사고였다. 당연히 할 일을 했을 뿐이라며 국가가 의인에게 주는 의인상과 상금 5천만 원도 정중히 사양했다. 그의 직업은 고등학교 교사인데 서른 살 청년이었다. 곳곳에 이런 산소 같은 의인들이 있어서 일상이 평안하고 지구촌에서 안심하고 살아가고 있는지 모른다.

지렁이는 많은 이웃을 이롭게 하고도 생색내지 않는다. 사람들이 처하기 싫어하는 어둡고 낮은 땅속에 머물러 산다. 땅속 어둠은 모든 생명을 태어나게 하는 모성이다. 거기에서 나고 자란 지렁이의 습성은 바로 최상의 모성이 아닐까?

흙고물을 뒤집어쓰고 있던 지렁이는 이제 미동도 없다. 개미들은 처음보다 더 까맣게 엉겼다. 무저항으로 느리게 살아가던 지렁이. 산소 같은 삶의 순례를 마친 지렁이. 개미에게 생명의 바통을 쥐여 준 소신공양에 절로 머리가 숙여진다.

2016.10.

2017년 『에세이문학』 여름호

러닝셔츠

"엄마, 이 러닝셔츠 엄마 것이에요?"

"응. 그런데 왜?"

"이 정도면 버려야 할 것 같아요."

주말에 모처럼 집에 들른 막내딸이 마른빨래를 주섬주섬 한 아름 걷어들인다. 베란다 건조대에 걸터앉아 우주를 유영하던 그들의 자유는 막을 내리고, 내 몸 네 몸이 포개져 거실 바닥에 산더미를 이룬다. 비록 온종일 허리가 반으로 접혔을지라도 남풍에 몸을 맡기고 외도를 즐길 때가 좋았다며 시무룩하다. 놀이터에서 해거름에 딸의 손에 붙잡혀 온 손녀 같기도 하다.

그들은 이유도 모른 채 이 찜통더위에 펄펄 끓는 빨래 삶는 솥에서도 견뎌냈다. 촉촉하던 물기마저 갈증에 허덕이는 불볕에 남김없이 보시하고 가랑잎이 되었다. 온갖 찌든 내를 날려버리고 깃털처럼 가벼워지는 변신은 해탈에서 오는 자유인까? 보는 이의 눈도 허허롭다. 소요유(逍遙遊)에 달관한 사람이라면 모든 번뇌 다 버리고, 바람 속을 노닐며 무아지경(無我地境)에 이른 저 마른 러닝셔츠를 예사로 보진 않을 것이다.

벌건 땡볕이 지글지글 땅을 태우는 올여름. 저들은 우리 식구들의 소낙비 같은 땀 줄기를 싫은 내색 없이 옴싹 받아낸 속옷들이다. 그러고도 아무런 죄가 없는데 허리를 하나같이 반으로 공손하게 접는다. 새벽 기도실에 경건하게 엎드린 성도들 같다. 개중에 어떤 것은 무죄한 듯 옷길이를 버팀목 삼아 온몸을 쭉 펴고 할랑거린다. 요즘 온 국민이 '죄 있다'고 아우성쳐도 대붕 같은 지존의 치마폭 거머잡고, 자신은 '죄 없다'고 버티는 어떤 소인배 같다.

막내딸이 마른빨래를 차곡차곡 정리한다. 그러다가 미농지처럼 얇게 닳은 목화빛 셔츠 하나를 들어 보인다. 이미 러닝셔츠엔 세 곳이나 꿰맨 자국도 있다. 목 부분은 늘어지고 닳아진 정도가 더 심하다. 온종일 볕에서 놀았지만 풀기라고는 없다. 내 목살처럼 쭈글쭈글하고, 겨드랑이는 구멍 나기 일보 직전이다. 그래도 앞판과 등판은 아직 멀쩡해서 '한 번 더 입자.' 하며 버리지 못하던 셔츠다.

그런데 오늘 막내딸에게 딱 걸렸다. 딸은 "엄마 속옷을 다스로 사와야겠다." 하며 개키던 러닝셔츠를 옆으로 제쳐 놓는다. "그래, 네 말대로 이제 궁상은 그만 부리자." 하며 딸의 의견에 따르기로 했다.

이참에 정리할 요량으로 서랍장 속옷 칸을 열었다. 아직 볕내 듬뿍 물고 있는 뽀송뽀송한 속옷이 가득하다. 내 살냄새를 가장 가까이서 맡으며 쭈글한 내 몸을 타박하지 않고 쉼 없이 애무해주던 속옷들이다. 부부는 '무촌'이라는데 남편보다 더 살가운 이들이다.

요즘 들어 남편은 내게 타박이 부쩍 늘었다. 밥이 모래알 같다든지, 된장찌개가 소태 같다며 타박이 심하다. 더 참을 수 없는 것은 나의 처진 몸매를 속속들이 나열할 땐 쥐구멍을 찾다 못해, 그의 성성한 흰 머리카락을 한 줌 뽑아주고 싶다. 아옹다옹. 사람과 사람의 만남은 무수한 별 가운데 하나를 보듯 우연과 같은 필연으로 맺어진 인연이라는데, 이 러닝셔츠와 나의 인연 또한 같지 않은가.

소녀 시절부터 내 손가락이 길어서 피아노 잘 치겠다고 덕담을 들어왔다. 그런데 그 손은 결혼 후, 수돗가에 둘러앉은 딸들을 청중 삼아 '철벅 철벅' 두 박자를 연주하는 처지가 되고 말았다. 빨래 치대는 박자에 맞춰 고개를 까딱이던 오종종한 아이들, 함께 새댁들과 우물가에서 손빨래를 하며 제비꽃 같은 웃음을 마당 가득 흩뿌리던 시절이 마냥 그립다.

그때가 오히려 온갖 전자제품 다 갖춘 지금보다 불편함이 없었던 것 같다. 개나리꽃이 진 자리에 초록 이파리처럼 자분자분 피어나던 딸들. 그 또한 순간처럼 지나가는 것을….

그 무렵엔 너나없이 아이들을 천 기저귀로 길렀다. 장마철엔 기저귀 빨래가 비좁은 방에 가로 세로 모로 널려 방 안은 흡사 국수 공장 뒷마당 같았다. 국수 가닥처럼 널린 기저귀 사이를 두꺼비처럼 기던 막내가 지금은 훌쩍 자라 직장인이 되어 빨래를 정리하며 짠순이 어미에게 한 수 거들고 있다.

빨래는 모두 내가 해서 널지만, 마른빨래 걷어 개키는 일은 딸들의 몫이었다. 그래서 딸들은 자라서도 마른빨래만 보면 습관처럼 걷어 들인다. 큰딸과 둘째 딸은 다섯 살 때부터 동생의 기다란 천 기저귀를 척척 개켰으니. 자랑인지 슬픔인지 모르겠다.

닳아진 속옷은 내 육신의 더께와 불순물을 강아지가 핥듯이 닦아주었다. 흡사 미추(美醜)를 분간 못 하던 갓난이 시절, 시도 때도 없이 졸졸 실례하던 나를 거두시던 엄마 같은 존재가 아니던가?

그런 그들을 내가 무슨 자격으로 몰강스럽게 심판할 수 있을까? 그렇지만 오늘은 당돌하게 모두 꺼내놓고 싱태 짐검에 들어간다. '양호한 것'과 '불량한 것'으로 좌우에 나눠 놓는다. 한쪽은 들림 받고, 다른 쪽은 버림받을 운명들…. 나누고 보니 반반이다.

나도 천국의 문 앞에서 심판대에 설 때가 있을까? 선뜻 나서지 못하고 호버링할 그날의 내 모습이 보이는 듯하다. 벌써 오금이 저린다. 그때에 이 옷가지들처럼 나달나달한 내 영혼은 어느 쪽에 놓이게 될까? 의인은 없나니 하나도 없다고 했다. 내 비록 이승에서 육신이 다 닳도록 검불 같은 업(業)을 쌓았지만, 죄인 쪽에 던져질 것만 같은 두려움이 엄습해온다.

나를 쏙 빼닮은 러닝셔츠, 늘어지고 구멍 나고 나달거린다. 하지만 오늘도 나는 너희를 '버림' 쪽에 놓지 못한다. 곡진하게 개켜 서랍장에 담는다.

2016.08.

도 마

∷ 30년 나이 먹은 직사각형의 송판 도마가 있다. 볕에 잘 마른 얼굴이 보송보송하고, 몽톡한 다리 넷이 차렷 자세로 짱짱하게 수평을 잡아준다. 짧은 다리가 흡사 난쟁이 병정 같다.

시아버님이 생전에 마당가 양지에 멍석을 깔고 앉아 만든 도마. 시아버님의 모습이 떠오른다. 두툼한 송판을 톱질하고 대패로 밀며 하루해가 맞도록 다듬던 시아버지. 그 모습이 도마의 나이테 고랑 사이에 환영으로 그려지곤 한다.

탯줄 같은 산길로 이어지던 여수시 율촌 광암 마을 뒷산. 도마에는 그 산에 서 있던 홍송의 송진내가 배어 있다. 솔가지 끝에 피던 송홧가루가 송판에 버무러진 듯, 코를 대면 송홧가루로 만든 다식향이 묻어난다.

송판 도마는 늘 주방의 메인 석에서 나와 함께 나이를 먹고 있다. 가운데 부분이 배고픈 다리처럼 움푹하게 패여 있다. 잘 박혀 있던 네 개의 다리가 덜거덩거려서 5년 전에 못을 다시 박았다. 꽤 튼튼하다. 닳아진 내 무릎 관절도 못 하나로 튼실해질 수는 없을까. 손 익어서 앞으로도 오랜 시간 동행할 것 같다.

도마를 옆으로 기울여 본다. 닳아진 곡선이 마치 고비 사막에 물결치는 모래 둔덕 같다. 대책 없는 내 배는 해를 더할수록 둔한 나잇살이 얹어지는데, 영특한 도마는 배에서 오히려 나잇살을 빼 나간다. 가운데 부분부터 나날이 호리호리해진다. 비결이 무엇일까? 나이테까지 야금야금 소리 없이 지워낸다. 그러니 늘 함께 사는 나도 그녀의 나이를 전혀 가늠할 수가 없다.

그런 송판 위에서 나는 망나니가 되어 칼춤을 춘다. 서슬 푸른 식칼로 동식물 가릴 것 없이 수많은 생명체를 여지없이 요절내고 있다. 주부라는 권력으로 거침없이 살생을 저지르고 있는 것이다.

수원 지동 못골시장에서 생고등어 한 무더기를 사왔다. 어물전 바닥에 쌓여 있던 고등어는 새벽 그물에서 금방 털어온 듯 싱싱하다. 등짝은 묵호항 앞바다 파도처럼 시퍼렇고 살집은 탱탱하다. 파도를 가르며 떼로 몰려다녔을 고등어. 한물에 놀던 그 많은 동무와 헤어져 칠성판 같은 도마 위에 오롯이 혼자 누워 있다. 눈알이 쥐눈이콩 같은 고등어. 일체의 탐욕이나 적의가 들어 있지 않은 눈빛이다. 무방비 상태로. 칼을 들이대는 나 자신이 섬뜩하다.

순박한 눈빛이 내 눈길을 붙잡고 놓지 않는다. 망나니는 그 눈빛을 애써 외면한다. 오직 주메뉴로 가족의 저녁 밥상에 오를 노릇하게 구운 고등어만 보일 뿐이다. 고등어의 존재 의미가 사람의 밥상 위에 오르는 일일까? 며칠 전에는 집게발을 높이 들고 버둥대는 꽃게를 도마 위에서 토막 냈다. 그리고는 방금 도축된 짐승의 살점처럼 푸르르 떨리는 꽃게 토막을 끓는 국물에 수장까지 시켰다. 아주 태연하게.

고등어 앞에서 한참을 망설이다 다시 칼자루를 집어 든다. 두 평 주방 안이 비릿한 피 냄새로 흥건하다. 주방은 순식간에 도살장이 되어버린다. 그 순간 살기(殺氣) 어린 도한이의 눈이 되어버린다. 조선시대 천민이었던 삼한이(도한이, 염한이, 어한이) 가운데 칼에 피를 묻히는 도한이가 멸시를 가장 많이 받지 않았는가.

제아무리 다소곳한 여자인 척해도, 도마 앞에선 도한이의 뱁새눈으로 변신, 얀정머리 없다. 목을 베고, 배를 가르고, 내장을 들어낸다. 처진 내 눈꼬리가 칼을 드는 순간 번뜩이는 살기(殺氣)로 빗금처럼 들렸을 것이다. 도살장의 칼잡이와 무엇이 다르랴. 돼지, 닭고기를 능지처참시키지 않나, 또 황소의 살점을 몽글게 다지기를 하지 않나.

20년 된 적포도주 같은 고등어 피가 도마 위에 주르르 쏟아진다. 도마의 가장자리까지 불콰하게 물이 든다. 마치 광교산 서쪽 능선에 걸린 햇덩이가 왈칵 쏟아낸 노을빛 같다.

송판 도마는 늘 그렇게 나와 공범이 된다. '난 싫어.'라거나 '나는 못해.'라며 발을 빼려고 하지 않는다. 삼수갑산을 갈지언정 '내가 받쳐줄게. 칼을 꽉 쥐어 봐.'라며 든든한 우군이 되어준다. 덤터기를 통째로 쓰고도 잠잠한 도마. 속 좁은 나는 상대방의 바늘 끝만 한 말 한마디에 찔려도 삭이지 못하고, 그저 원망스런 마음만 큰불처럼 번지곤 한다.

우리 주변에 재물의 노예가 된 사람들이 많다. 기껏 함께 공모해서 알맹이는 홍시처럼 쏙 빼먹고 달아나 버린다. 잡혀도 오리발을 내밀고선 '나는 모른다.'라거나, '기억나지 않는다.'라며 발을 빼려고 안달하는 붙이들이 천지에 널려 있다. 두 뼘 도마만도 못한 인간들이다.

도마는 마늘, 양파를 다질 때도 매운 눈물을 안으로 말아넣고 질질거리지 않는다. 그렇다고 티를 내는 법도 없다. 하지만 내 눈은 솔잎 끝에 맺힌 이슬만큼도 삭혀내지 못하고 '매워, 매워.' 하며 호들갑이다. 그저 눈시울 바깥으로 퍼내기에 바쁜 것이다. 얼마나 경망스럽고 간사한가?

어찌 생각해보면 주방의 도마 소리는 듣는 것만으로도 신선하다. 석어도 그 소리 속에는 두 가지의 행복이 스며 있다. 그 하나는 내가 도마 앞에 설 수 있을 만큼 건강하다는 것이고, 또 하나는 만든 음식을 함께 먹을 수 있는 건강한 가족이 있다는 행복이다.

작업을 마치고 도마를 철 수세미로 박박 문지른다. 그런 다음 뜨거운 물에 헹궈서 핏물을 빼 준다. 내 몸도 개운해진다. 그녀를 씻었는데 내 마음이 뽀송뽀송하니, 그녀와 나는 호흡이 척척 맞는 공범이다. 도마는 달디 단 남향받이 햇살에 젖은 몸을 맡긴다. 고실하다. 들여다보면 움푹한 면이 참 보드랍다. 그리고 칼자국에 모지라진 도마는 아주 짧은 털로 뒤덮여 있는데, 신생아의 볼에 돋은 솜털 같다.

도마는 수많은 부하를 구하고 장렬히 숨져간 격전장의 노장(老將)이 연상되기도 한다. 수만 번 내리꽂는 칼날에도 도마는 낯꽃 한 번 구기지 않고 온몸으로 받아낸다. 차라리 자신의 몸을 날깃날깃 풀어내어 융단이 될지언정.

가끔씩 융단 같은 도마의 나신(裸身)을 쨍한 볕에 드러내놓고 말린다. 도마도 때로는 팔다리 쭉 펴고 큰 대(大)자로 쉬고 싶었으리라.

2017.01.

보따리

"어? 이 가게 벌써 보따리 쌌네?"

수원시 장안구 송죽동 로얄팰리스 아파트 옆 '대웅식자재마트' 앞이다. 중년 아주머니가 장을 보러 왔다가 문이 닫힌 마트 앞에서 나처럼 아쉬운 얼굴이다. 개업한 지 한 달쯤 된다.

요즘 개인 사업하는 사람들이 하나같이 힘들다고 한다. 매스컴마다 소상공인들의 한숨이 안개처럼 자욱하다. 이순(耳順)을 넘으니 모르는 이들의 낮은 한숨 소리까지도 환히 들린다. 오늘처럼 세상이 꽁꽁 얼고 눈안개 자욱한 날엔 더욱 잘 들린다.

'경제 살리기' 운동을 예전의 '새마을 운동'처럼 성공할 수는 없을까? 나라 살림을 맡은 최고 수장이 경제를 살려보자고 목이 타도록 수년째 외치고 있다. 식물인간이 되어가는 우리 경제가 무청 같은 생기를 찾을 날은 언제쯤일까.

대웅마트 앞 가로수에 내걸었던 만국기가 이제 쓸쓸하게 팔랑인다. 흡사 송죽동 주민들에게 SOS를 치고 있는 주인의 손길 같다. 가게 출입문은 자물통 입처럼 굳게 닫혀 있다. 창문에는 '내부 수리 중'

이라는 문구가 싸락눈 들이치는 유리창에 볼을 비비고 있다. 유리창 안 구석에는 판매대에 올라보지도 못한 물건 상자들이 포갬 포갬 숨을 죽이고 있다. 어깨가 처진 사장님은 보따리를 쌀 엄두조차 내지 못하는 듯하다. 그는 키펀치 소리 멈춰버린 가게 안을 사막 한가운데 낙타처럼 서성인다. 그의 아내와 자녀들의 샘물 같은 '통장'이 되어야 할 가세가 아니던가.

그는 얼마 전, 인부들과 함께 묵정밭처럼 비어 있던 가게를 수리 청소했다. 이벤트 개업 행사도 흥겹게 했다. 온 동네에 뜨끈한 시루떡도 돌렸다. 그날 개업 선물로 모든 고객에게 스테인리스 함지도 하나씩 안겨주었다. 동해 같은 푸른 보따리를 펴던 아주머니의 사분한 모습이 선하다. 그날 스테인리스 함지 같은 함박웃음을 입에 물던 그 많은 고객님들은 다 어디 갔을까. 북적거리던 가게 앞이 태풍 후처럼 고요하다.

우리는 언제부턴가 사업을 시작할 때는 보따리를 편다고 하고, 사업이 잘 안 되어 문을 닫을 때는 보따리를 접는다고 한다. 그렇게 우리 민족은 오랜 세월, 주변 대국들의 침략에 시달리며 피난 보따리를 수없이 싸야 했다. 그래서 보따리 싼다는 말이 고난과 애환의 대명사가 됐는지도 모르겠다. 거기에는 조선 시대 보부상들의 나뭇짐만 한 보따리 얘기도 빼놓을 수 없을 것이다.

1998년 IMF(구제금융 요청)라는 괴물에게 일상을 빼앗긴 사람들이 부도 수표에 쫓기며 허둥지둥 '밤 보따리'를 싸기도 했다. 많은 사람들이 그때보다 요즘이 더 힘들다고 한다. 우리는 때로 청청한 봄날을 기대하는 길목에서 느닷없이 인생의 겨울을 만나기도 한다. 그래서 사업하는 사람들은 보따리를 펴야 할 장소를 매의 눈으로 찾아 헤맨다. 그런데도 성공하는 확률은 쌀에 뉘 같다고 하니, 참으로 어려운 게 사업인 듯하다. 그래도 희망인 것은 우리 젊은이들이 팔을 걷어붙이고, 벤처사업이라는 자그맣고 알찬 보따리들을 펴기 위해서 밤을 새우고 있다는 것이다. 이들이 미래 우리 경제의 연둣빛 싹이 아닌가. 이처럼 우리의 삶 주변에서 어렵고 힘든 보따리를 펴기도 하고 접기도 해왔다.

반면에 정겹고 아름다운 추억거리의 보따리도 있다. 시집올 때 친정어머니가 싸주던 이불 보따리와 어릴 적 할머니의 이야기보따리는 얼마나 정겨웠던가? 할머니의 샘물처럼 솟는 이야기보따리는 밤마다 풀어내도 끝이 없었고 재미있었다. 지금도 기억나는 것은 '고려장' 이야기다. 고령의 어머니를 깊은 산 속에 버리기 위해 지고 가는 아들의 모습이 떠오르고, 지게 위에서 어머니는 자식이 돌아갈 길 위에 솔가지를 꺾어 뿌렸다는 애틋한 장면이 생각난다. 이 이야기보따리를 수없이 풀어놓을 때마다 눈물을 글썽였던 기억이 난다.

언니들을 찾아오는 장사꾼 방물장수 보따리는 또 우리들을 얼마나 달뜨게 했던가. 방물장수가 집에 찾아와 보따리를 풀어놓으면 언니들 곁에서 입을 다물지 못했다. 그 보따리에는 꽈리색과 쪽빛 갑사댕기, 살구꽃 문양이 달린 머리핀, 옥빛 바닷물로 빚은 듯한 옥반지와 갖가지 수 실 등 패물 비슷한 귀엽고 예쁜 장신구가 많았다. 또 양념 보따리도 있다. 시어머니가 싸주신 참깨, 들깨 등의 양념 보따리는 어머니의 정으로 항상 빵빵했다. 등에는 매미 같은 아이를 업고 양손에 보따리를 무던히 들었던 시절이 있다. 그때 등에 업힌 딸들은 푸성귀 밥상가에서 배춧잎처럼 잘 자라서 출가했다. 당시 양손에 보따리 들던 습관은 지금도 배어 있어서 시장 갈 때는 쇼핑백보다 짱짱한 보자기를 즐겨 사용한다.

보따리를 쌀 때도 보따리 철학이 있다. 꾹~ 당겨서 묶을 때 홀맺지 않고 반드시 고를 내서 묶어야 한다. 홀맺어버리면 그것을 풀 때 참 힘들다. 매듭이 안 풀리면 결국은 야정머리 없이 베어버려야 하기 때문이다. 홀맺는 것은 삶의 끈을 바투 잡고 배려하는 마음이 없는 사람의 모습이다. 그러나 고를 내서 묶는 것은 물량의 다소를 떠나서 마음 낙낙하게 사는 사람이다. 고를 내서 묶으면 아무리 큰 보따리일지라도 풀 때 아주 쉽게 툭 풀린다. 인생의 가시밭을 만나서도 느긋한 마음으로 걸으면 어느새 그곳을 벗어나는 것처럼….

이불보 같은 대형마트부터 달동네 계단 위의 손수건만 한 구멍가게까지 쨍하게 볕들 날을 고대해본다. 개업한 지 한 달 만에 눈발 날리는 날, 주섬주섬 보따리 싸는 부부가 안쓰럽다.

2015. 12

스물두 살 화장대

:: 아무런 꾸밈이 없는 아담한 갈색 목재 화장대가 있다. 낯익어서 편하다. 딸들의 손길에 닳아 조약돌처럼 반드럽다. 부챗살 모양의 거울 앞에 앉으면, 얼굴뿐만 아니라 내장 속까지 환히 들여다보인다.

이 아이가 우리 가족이 된 것은 큰딸이 꽃 나이 때, 여고 입학 무렵이다. 그날 딸들의 환호성으로 됫박만 한 방은 터질 듯했다. 화장대는 큰애와 둘째가 함께 쓰는 방 남쪽 벽을 차지하고 좌정했다. 조무래기들 방이 숙녀 방으로 등업하는 순간이다. 그전까지는 벽에 걸린 사각 거울 하나로 딸들이 단발머리 멋을 부리곤 했다.

화장대 양쪽으로 오종종 달려 있는 서랍들, '이쪽은 내 것, 저쪽은 네 것.' 하며 큰애와 둘째가 수납공간을 나누었다. 화장대 하나를 그렇게 공유하며 아침마다 새뜻한 교복의 매무새를 다듬었다. 일곱 살 막내는 제 언니들이 없는 틈을 타서 그 방으로 스며들곤 했다. 복숭아 꽃잎 같은 볼을 화장대 거울에 들이밀고 온갖 표정을 지었다. 화장대 앞에 서로 먼저 앉으려고 떠들썩하던 그 많은 아침은 다 어디로 갔을까. 그 앞이 조용하다 못해 고요하다.

두 딸이 결혼한 후엔 셋째와 막내가 사용했다. 이 작은 요정은 긴 세월 품 넓은 큰언니처럼 딸들의 외모와 내면까지 다듬어주었다. 스물두 해 세월이 묻은 앙증스런 서랍들. 그 속에서 딸들의 안개꽃 같은 이야기 소리가 아직도 자분자분 들리는 듯하다.

주말에 다문다문 찾아주는 셋째와 막내를 기다리다가 화장대의 목은 기린 목이 된다. 그러던 중에 단독주택을 지어 이사하게 되었다. '이참에 묵은 살림들은 다 털어내자.' 작심하고 추려냈다. 가지고 갈 것보다 버리고 갈 것이 더 많았다. 꿋꿋이 버텨낸 농지기 옷들도 과감하게 들어냈다. 비닐봉지에 눌러 담은 유행 지난 옷들이 자꾸 눈길을 끌어당긴다. 눈을 꼭 감는 수밖에.

비좁은 책장 안에 누런 책들도 보인다. 지식에 무슨 유행이 있을까 싶어 39년 끌고 다니던 책들이다. 용기를 내어 300여 권 뽑아냈다. 그래도 뭔가 아쉬워 고전 몇 권은 뽑아내지 못했다. 누렇다 못해 벌겋다. 내가 살아서 호흡하는 동안 함께할 터줏대감들이다.

베란다 구석 창고에 웬 잡동사니가 그렇게도 많은지 한참 동안 정리했다. 포장을 아직 풀지 않은 찻잔 세트도 나온다. 있는 줄도 몰랐는데 횡재다. 좁다란 창고는 동물의 어미들이 자궁에 새끼를 고물고물 품듯 정감이 가는 물건이 많다. 화장대도 그들 축에 끼어 있는데 망설이다가 가차 없이 ×표를 하고 '버림' 쪽에 놓았다. 어연번듯한 화장대는 아니지만, 착한 가격대의 새것으로 들일 요량이었다. 마음속에는 벌써 새로운 디자인까지 그려두었다.

이삿날 아침이다. 아이들 방에 들어갔다.

"잠시 추가 검문이 있겠습니다."

더 추려낼 것이 있나 또 살펴본다. 그런데 창가에 앉아있는 화장대가 자꾸 눈에 들어온다. 이마엔 이미 주홍 글씨 같은 ×표를 긋긴 했는데, 앵돌아진 듯 시무룩하다. 화장대의 부챗살 같은 거울 속에서 딸들의 얼굴이 달맞이꽃처럼 오보록이 피어난다. '그래, 아니다. 너를 버리는 게 아니다.' 매직 펜으로 사정없이 그었던 × 표를 후딱 지웠다. 이 아이에게 ×를 하다니. 어찌 그런 매정한 짓을 했을까. 순간 내 마음을 읽은 듯 화장대가 환하게 반색한다.

그렇게 해서 화물차에 오르게 된 화장대는 지금 서재 한쪽에 다소곳이 앉아있다. 부챗살 거울엔 제비꽃도 달맞이꽃도 아닌 쭈글쭈글한 할미꽃 한 송이가 시르죽은하게 피어나곤 한다. 그렇지만 그 할미꽃 너머로 딸들의 박꽃 같은 얼굴이 아직도 환한 아우라를 이룬다.

20여 년이 지났는데도 거울에 흠집 하나 없다. 거울 면을 촉촉한 가제 수건으로 닦는다. 세 살 손주의 낯을 씻기듯이. 그러면 아침 산책길에 만난 풀꽃처럼 거울에 생기가 돈다. 이름 없는 목공의 지혜로 모서리도 곡선으로 처리하여 여성적인 멋과 실용성을 다 갖추었다. 아파트 폐기물 처리장에 내치고 왔더라면 얼마나 후회했을까.

그저 삶이란 선택과 결단의 연속이다. 하루에도 수없이 맞닥뜨린다. 특히 주부들은 큼직한 일보다는 자잘한 일로 선택의 기로에서 호버링할 때가 많다. 옷을 살 때와 이사할 때에는 더욱 그렇다.

옛날의 한국 여성들은 화장대와 장독대에서 자신의 모습을 본다고 했다. 딸들의 손때가 절은 화장대. 그 거울 속을 한참 걷다 보면 자신 속의 나를 발견하게 된다. 또한, 가족들의 옛이야기도 흘러나온다. 말없이 자리를 지키는 가구 속에는 그 속에 고여 있는 시간만큼이나 숱한 이야기가 들어 있다. 사람에게만 인연이 있는 것이 아니고, 이 작은 화장대도 서로 연이 닿아서 교감을 이루는 것이다. 어찌 이것을 우연이라고 할 수 있는가.

이 아이는 새집에 어울리지 않는다. 깔 맞춤도 디자인도 언밸런스다. 그러나 내가 보기에는 언밸런스의 미감을 풍겨준다. 한 마디로 시공간 속에서 벌어지는 오브제(objet)적 장력이 있는 것을 어쩌랴.

2017.10.

은혜를 갚는 중

:: 꽃봉투 두 개, 하얀 봉투 두 개. 모두 뱃살이 두툼하다.

추석을 앞두고 딸 넷이 하나씩 쥐여 준 봉투들이다. "얼마나 번다고 때마다 이렇게 챙겨 주느냐." 하면서도 마음속으론 흐뭇하다. 분명 겉과 속이 다른 철부지 엄마다.

우리는 살아가면서 부모뿐만 아니라, 많은 사람에게 크고 작은 은혜를 입고 산다. 그런데 그런 은혜를 쉽게 망각하고 살아간다. 급할 때는 눈물이 나도록 고맙게 여기지만 발등의 불을 끄고 나면 대부분 쉽게 잊어버린다는 것. 그래서 "은혜는 물에 새기고, 원수는 바위에 새긴다."라는 말이 있는지 모르겠다. 물론 은혜는 물질로만 갚는 게 아니다. 요즘 같으면 전화 한 통, 문자 몇 줄에도 감사를 곡진하게 담아낼 수 있다. 단지 마음가짐이 문제인 것 같다.

봉투 넷 중에 큼직한 글씨가 눈에 띈다. '은혜 갚는 중'이라고, 돋움체 종서로 쓰인 굵은 획이 묵직하다. 마음이 스며있는 글자에서 나직한 숨결이 느껴진다. 막내가 준 것이다. 봉투에 이런 멘트도 처음 본다. 어쩌면 이렇게 적절한 어휘로 표현했을까. 자녀가 부모에게 감사해서 드리는 용돈 봉투에 적는 글귀로 딱 맞는 것 같다.

막내가 열두세 살 무렵이다. "이다음에 커서 엄마에게 백지수표 줄게요."라며 고사리 같은 새끼손가락을 걸었다. 그 딸이 취업하고부터는 빳빳한 사임당을 넉넉히 넣고 깨알 같은 글씨로 감사하다고 했다. 그리고 백지수표는 조금만 더 기다리란다. 다른 세 개의 봉투에도 자태가 단아한 사임당으로 소복하다. 네 딸의 엄마가 수지맞는 날이다.

이런 딸들을 볼 때면 마음이 탱자나무 가시에 찔린 듯하다. 나는 친정 부모님께 은혜를 얼마나 갚았을까? 부모님 생전에 갚지 못한 은혜, 이자까지 더한다면 지리산 덩어리만 할 것이다. 그 덩어리가 천국 문을 옴싹 가리고 있을지도 모르겠다. 내 삶에 절절 매어서 한 뼘 얼굴조차도 제때에 보여드리지 못했으니.

요즘 매스컴에 갖가지 검은 봉투 이야기로 낯살을 찌푸리게 하는 일이 보도되고 있다. 유명인사에서 말단공무원까지 자유롭지 못한 인물들이 줄줄이 오르내린다. 일찍이 중국의 고승 일여(一如)는 인간이 물리쳐야 할 오욕(五慾: 財, 色, 食, 眠, 名) 중에 재(財)를 첫째라고 역설했다. 치욕스럽게 매스컴을 타는 사람 가운데는 굳이 은팔찌를 채우지 않아도 될 인물이 쌀에 뉘처럼 섞이기도 한다. 성직자에서부터 고관대작을 지낸 적폐청산의 주인공, 그리고 정치인들까지, 노타이 차림으로 번쩍이는 카메라 불빛에 성성한 머리를 숙인다.

오늘 딸들에게 받은 봉투는 중추절 들판에서 거둬들인 황금색 봉투들이다. 가을 들판 농부가 결실을 이룬 감사의 정이 담긴 수확물이다. 하기야 옛 어른들 말씀이 자식도 농사라 했으니. 자식농사를 지은 열매인지 모른다.

살다 보면 애경사의 돈 봉투와 자주 만난다. 대부분 품앗이로 우르르 몰려가서 마음의 정을 돈 봉투로 대신한다. 그것도 식장에 가서야 봉투를 구해서 납세 의무처럼 이름만 적어내고, 바로 식당으로 간다.

오래전 친정어머니 상을 치르고 나서였다. 형제들과 조의금을 정리하는데 특별한 봉투에 감동했던 일이 있다. "고인의 명복을 진심으로 빌며, 유가족께도 깊은 위로의 마음을 담아드립니다."라고 봉투에 정성스럽게 쓴 글귀를 보았다. 조문하기 전에, 상대방의 상황 속으로 한 번쯤 들어가 보면 이런 간단한 멘트 한 마디는 집에서 미리 준비할 수 있을 것 같다. 그때 붓펜으로 써온 평범한 문장 한 줄이 형제들의 허전한 마음에 큰 울림을 주었다.

남보다 많은 네 딸이 잘 자라준 것만으로도 우리 부부는 행복하다. 그 자체로 은혜는 다 갚았다고 생각한다. 애들이 어릴 때 자라면서 보여준 재롱만으로도 즐거웠고 행복했다. 삶이 팍팍할 때, 아이들의 해맑은 웃음소리는 설악산 금강송림의 바람처럼 시원했다. 후줄근한 우리 부부의 얼굴을 풀발 선 모시 적삼에 다림질하듯 펴주던 딸들이다. 굳이 손익계산서를 작성해본다면 오히려 이 아이들에게 받은 게 너무 많은 것 같다. 그런데도 아직 은혜 갚는 중이란다.

전후 세대, 누군들 넉넉한 환경이었을까. 보릿고개보다 더 가파른 학창시절을 보냈다. 그래서일까? 우리는 둘 다 얼랑누굴랑하는 맛이라곤 한 올도 없고, 자존심만 쇠심줄처럼 짱짱한 부부였다. 지금 돌아보면 자식을 위한다며 나의 대리만족을 위해 아등바등 살아왔던 것 같다.

초등학교 때부터 상위권을 넘어서 오직 1등만이 살길인 양 아이들을 닦달했다. 그리고 아이들이 전 과목 100점을 받아와도 칭찬보다는, 다음 시험을 위해서 각종 학습지를 들이밀었다. TV는 어린이 프로마저 끄고, 다시 시작하자는 어미가 얼마나 원망스러웠을까. 어쩌면 참으로 몰강스럽고 미련한 짓을 저질렀다. 적어도 사춘기 딸들의 마음을 만나려면 그래서는 안 되는 일이었다. 지금은 후회하고 있지만 되감기가 되지 않는 한 토막 테이프가 아닌가.

둘째 딸 정도가 최근에 의견을 물어왔다. 내가 써 준 딸들의 육아일기를 정리하여 책으로 엮어보자고 제안한 것이다. 솔깃하여 누렇게 퇴색하고 나달나달한 육아일기 네 권을 모아놓고 내용을 살폈다. 어쩌면 갈피마다 그렇게 공부 이야기만 깨알처럼 박혀있는지. 칭찬해준 대목은 10%도 되지 않았다. 만약에 이 육아일기를 책으로 묶는다면 '대한민국의 엄마들이여, 제발 이런 엄마는 되지 말지어다.'라는 메시지로 써야 할 듯하다. 그래서 타이핑을 해놓고도 무기한 보류 중이다.

이런 엄마인데, 딸들은 아직도 '은혜 갚는 중'이란다. 자식자랑 팔불출이 될지언정 개천의 용 같은 네 마리 딸에게 그저 고맙고 미안한 마음뿐이다.

2017.11.

도자기 입양

:: 낯선 길을 아이들이 영문도 모르고 따라나선다. 강아지 젖 떼어 분양하듯 보자기에 싸여 눈도 가려진 채 둘은 뒷좌석에, 늦둥이는 조수석에 앉힌다.

경인문예 카톡 방에 특보가 떴다. 김란희 시인이 아끼던 도자기 사진을 올리고, 필요한 사람은 데려가란다. 평소에 갖고 싶었던 아이들이다. 설레는 마음으로 냉큼 신청했다.

뜻밖의 만남이다. 문우들의 양보로 셋씩이나 내 차지가 되었다. 갑자기 부자가 된 듯하다. 첫째 아이는 둥실한 배에 사계절 산수화가 남빛으로 가득하다. 물안개 자욱한 봄 호숫가 수양버들 아래서 낚싯대 드리운 강태공이 여유롭다. 이어지는 그림엔 여름 송림 우거진 벼랑 위에 제비집같이 날렵한 정자가 있다. 정자에 드나드는 청풍에 등줄기의 땀이 갤 듯하다. 그 옆에는 잎 진 나무 위로 짧은 가을 해에 쫓기듯, 둥지 찾는 기러기 떼가 날갯짓한다. 그 뒤로 멀리 펼쳐진 설경에선 찬 기운보다는 오히려 포근함이 전해온다.

둘째 아이는 쌀뜨물 같은 은은한 백색 바탕의 도자기인데, 장수와 부귀를 상징하는 학과 모란의 문양이 그려져 있다. 이 아이의 기가 살아서 자녀들이 부하고 귀하게 되기를 내심 기대해 본다.

늦둥이 도자기는 푸른빛이 도는 옥양목 같은 바탕에 석란 한 줄기가 꽃을 피우고 있다. 아슬아슬한 바위 끝의 난향이 조붓한 서재 안에 가득하다. 취할 것 같다.

셋이 모두 순후해 보인다. 김 시인을 똑 닮았다. 정든 품을 떠나 불안해하는 아이들. 조심스럽게 아반떼에 옮겨 태우고 입양 길에 오른다.

'걱정하지 말고 함께 가자. 그런데 우리 집은 시골이란다. 자그마한 단독주택이야. 낯설겠지만 친구처럼 모녀처럼 잘 지내보자.' 하며 안양 시내의 울창한 아파트 숲을 지난다. 의왕시를 벗어나서 북적대는 수원 버스터미널 앞을 건넌다. 그리고 화성과 오산을 지나서 용인시 처인구 남사면의 한적한 들길로 접어든다. 아이들의 막혔던 숨이 트일 것 같다.

'아, 이런 곳이구나. 평촌의 널찍한 아파트도 좋았는데….' 아이들이 창밖의 풍경에 긴장을 풀며 말문을 튼다. '빠꼼히 열린 보자기 틈에서 눈을 뗄 수 없네요. 이제 막 숙이기 시작하는 벼 이삭과 붉은 고추밭이 보이네요. 그 옆으로 병정처럼 둘러선 옥수수밭도…. 한참 영글어가는 가을이 볼 만하네요. 우리들 염려하지 말고 운전 잘하세요. 몸이 단단해 보이지만, 작은 충격에도 금이 쉽게 가거든요.'

그렇잖아도 나는 운전에 심혈을 기울인다. 밀어붙이듯 바투 따라오는 왕눈이 덤프트럭을 옆으로 비켜준다. 방지 턱을 넘을 때는 브

레이크에 발을 얹고 숨을 죽인다. '선생님의 세심한 배려가 맘에 들어요. 이 차에 앉을 때부터 알아봤지요. 뒷좌석에 있던 방석으로 저희 몸을 감싸고 바구니까지 준비해서 폭~ 앉혀주었잖아요. 그래서 걱정 없이 산천 구경하고 있어요. 저도 태어난 곳은 이천인가 하는 산골이었어요. 그래서인지 이 길도 전혀 생소하지 않아요. 노련한 도공의 손끝에서 형상을 입고, 뜨거운 가마에 들락거리며 몸을 만들었지요. 어? 그곳 도자기 촌에서 듣던 새소리가 들려요. 저기 좀 봐요. 키다리 망초꽃은 산들바람이 간지러운지 허리를 꺾으며 자지러져요. 쌉싸래한 풀냄새도 낯익고요. 이런 자연이 얼마만인지 모르겠어요. 조선 시대에 낙향하는 선비들의 마음이 이러했을까요. 섭섭하기는 하지만, 바쁘게 돌아치는 도회지에서 할 일을 다 한 듯 마음이 편안해요.' 요놈 아이들이 심심한지 계속 말을 걸어온다. 할 수 없이 나도 말대꾸를 한다. '그렇게 생각해주니 고맙구나. 나도 어릴 때 자랐던 함평으로 늘 가고 싶었지. 그래서 고향은 아니지만 이곳에 느지막이 둥지를 틀었단다. 아침에 눈을 뜨면 창밖으로 소나무 숲이 보이고, 선선한 바람 타고 온 새소리를 먼저 듣는 곳이란다. 작은 텃밭에는 연둣빛 남새들이 반겨줄 거야. 이들과 친구 하며 어우렁더우렁 살아보는 것도 괜찮을 것 같지? 벌써 봉무리 오솔길이 보이는구나. 길 끝에 새로 지은 저 집이야.' 봉무리 집에 도착해도 계속 요놈들은 중얼거린다. '선생님의 남편이 주차장에 나와 있네요.' 남편에게 "이 아이들 입양해왔어요." 하는 말에 남편은 의아해하면서도 조심스럽게 안아 들인다. 2층으로 데려다주고, 우리 셋이 앉을 자리까지 마련해 준다. 참

자상한 부부이다. 어떤 곳일까 심히 궁금했는데, 참 아늑하고 편안한 집이다.

어느 도공의 솜씨일까? 어쩌면 문양이 이리도 섬세할까. 너희하고는 전생에 무슨 인연이었을까? 세상의 어떤 만남도 우연은 없다고 했는데, 너희와 김 시인과 나, 삼각 구도의 특이한 만남도 결코 우연은 아닐 거야.

밤새 들여다본다. 앞태도 뒤태도 옆태도 은은하다. 신산하던 마음이 바람 앞의 풀잎처럼 눕는다. 근데 요놈들의 출생신분이 궁금하다. 이런 내게 마음을 열어줄 요량인가? 자리를 잡은 첫째 아이가 출생신화를 조곤조곤 들려준다. 아이들 출생 이야기에 초가을 온 밤을 푹 적셔도 좋을 것 같다. '우리들의 세포는 점토나 사토로부터 시작되었답니다. 모든 과정은 장인정신으로 똘똘 뭉친 도공 선생만이 할 수 있는 작업이지요. 흙을 미세하게 빻아서 불순물은 체로 걸러낸답니다. 그런 다음, 물속에 침전시켜 앙금만 채취하여 그늘에서 보송하게 말려요. 흡사 엄니들이 도토리 가루 내는 것 같지요? 이 과정을 '수비(水飛)'라고 해요. 이렇게 수비된 흙을 도공은 정갈한 마음과 함께 반죽하여 다양한 형태로 빚지요. 그 위에 양각, 음각 등의 기법으로 둥근 배 위에 문양을 그려 넣고, 그늘에서 강태공이 세월을 낚듯이 천천히 건조시킵니다.'

침도 마르지 않는지, 계속 떠들어댄다. '다음엔 섭씨 700~800도의 가마에서 초벌구이로 들어가는데, 이때부터 우리들의 시련이 시작되지요. 초벌구이를 마치면, 도공은 땀방울에 붓을 적시며 그림과 글씨

작업을 합디다. 그때는 칼날 같은 그의 눈빛에 우리들의 간이 오그라질 것 같습디다. 다음엔 제2의 시련이 기다리고 있습디다. 유약을 입혀서 1,200~1,300도의 가마 속에서 재벌구이 과정을 거쳐요. 여기까지 마치면 드디어 지금 우리들의 모양이 되지요.'

이 아이들 모두 오로지 흙과 물과 불과 바람으로 빚어진 생명적 존재들이다. 뜨거운 가마 속에서 두 차례에 걸쳐 며칠씩 하안거를 마친 아이들, 이들의 영혼은 아마도 하얀 달빛으로 열려있을 것 같다. 우리 육신의 구성체도 이들과 같은 흙, 물, 불, 바람이라는데…. 아직 단련하지 못한 내 영혼은 언제나 열릴까.

2017.08.

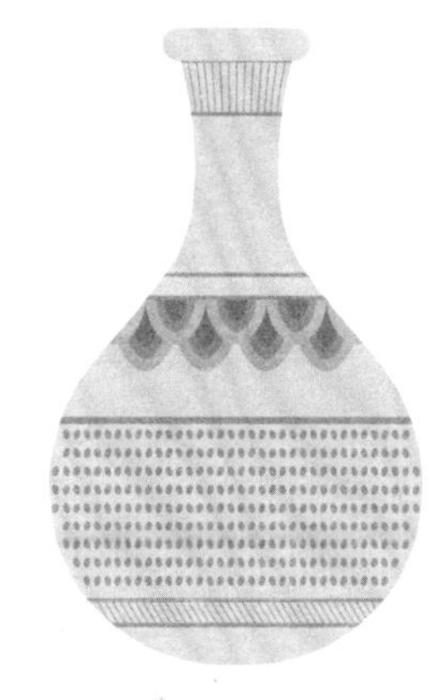

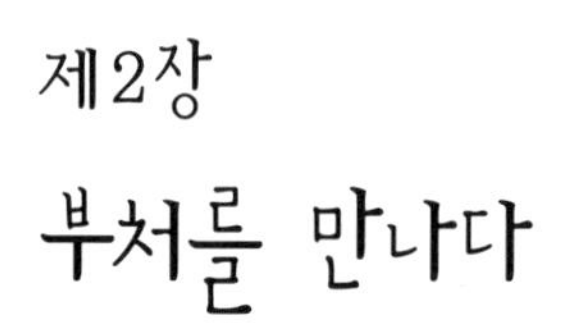

제2장

부처를 만나다

썩어가는 나무둥치가 몸으로 말한다. 해바라기 씨처럼 촘촘한 삶보다는 삼베처럼 얼멍얼멍하게 살아보라고. 그것이 깃털 같은 삶이라며….

– 부처를 만나다 중에서

방아깨비

"엄마테 가얗다(엄마한테 가라고 해야겠다.)."

아이는 손에 쥐여 준 방아깨비를 만져보기만 하고 놓아준다. 60갑자 띠동갑인 손자의 짧은 한 마디에 정신이 번쩍 든 날이다.

장맛비로 텃밭에 잡초가 온통 제 세상을 만났다. 남새들을 한입에 삼켜버릴 기세다. 비 오기 전에, 잎은 시르죽은하지만 뿌리는 스크럼을 짜고 호미 끝에서 시위대처럼 앙버티던 풀이다. 풀포기는 꼬리를 자르고 도망가는 도마뱀처럼 땅 윗부분만 옴싹 끊어질 뿐, 실뿌리조차 꼼짝하지 않았다. 딱딱한 땅속에서 후일을 기약하며 가부좌라도 틀었을까?

빗줄기에 얻어맞은 땅이 풀뿌리까지 흥건하다. 풀씨를 맺어 사방팔방 퍼뜨리기 전에 이참에 대(代)를 끊어버리려고 소탕작전에 나섰다. 저어새 같은 호미 부리로 콕 찍을 것도 없다. 맨손으로 당겨도 머리끄덩이를 풀어헤치며 뿌리째 줄줄이 뽑혀 나온다. 흡사 백기를 든 패잔병 같다.

서른 평 텃밭이 제 것인 양 시퍼렇게 절진하고 기세등등하던 바랭

이, 쇠뜨기, 클로버, 명아주, 쑥 뿌리들. 철벽같던 전열이 와르르 무너진다. 그런데 무너지는 풀 더미 위에서 방아깨비 한 마리가 질정 없이 뛴다. 초등학교 시절, 토끼몰이하던 날이면 눈 덮인 산비탈에서 죽을 둥 살 둥 뛰던 산토끼 같다.

방아깨비는 동서남북으로 헤매다가 하필이면 내 손등 위에 앉는다. 정말 정신을 잃은 듯하다. '옳기니, 우리 손자와 친구나 하렴.' 흙범벅인 손으로 덥석 잡는다. 두 치쯤 자란 방아깨비는 위협적으로 긴 뒷발을 바동거린다. 그것도 잠시, 판세를 알아챈 듯 이내 다소곳해진다. 방아깨비의 발딱이는 맥박이 손끝에 묻어난다. 유리알 같은 회색빛 겹눈만 재바르게 굴린다. 제발 놓아달라는 표정이 역력하다. 방아깨비의 진한 눈빛을 외면하고.

"정민아, 방아깨비다. 병 가져오너라."

작은 호미 들고 따라다니며 애먼 들깨 모종만 찍어대던 다섯 살 손자다. 심심하던 차에 아이도 신이 났다. 비눗방울 놀이하던 핑크빛 유리병을 들고 온다. 어느새 병마개까지 열고 들이민다. 병에는 꽈리 같은 비누 거품도 몇 방울 떠 있다. 병 속을 물로 헹구는 배려도 없이 흙손에 쥐고 있던 방아깨비를 놓칠세라 그냥 밀어 넣는다.

풀밭 위를 놀이터 삼아 천방지축 노닐던 방아깨비는 영문도 모른 채 독방 신세가 되었다. 뚜껑까지 닫았다. 유대인들이 갇혔던 가스실이 따로 없다. 비눗방울까지 남아있는 병 안에서 어쩌라고…. 방아깨비는 가느다란 몸을 이리저리 뒤채어본다. 병벽을 타고 두어 걸음 기어보기도 한다. 그러나 곧바로 바닥으로 미끌, 나뒹군다. 최후 수단일까? 하늘을 향해 수직으로 힘껏 뛴다. 우리도 삶에서 사방팔방이 막혀 절벽처럼 감당키 어려운 일에 당면할 때가 있다. 그럴 때면 오직 한 곳, 열려있는 하늘을 올려다보게 된다. 힘껏 발돋움하며….

그런데 오늘 방아깨비에겐 하늘마저 병뚜껑으로 막혀버렸다. 체념한 듯 잠시 동작을 멈춘다. 반들거리는 겹눈으로 투명한 벽을 통해 바깥세상을 빤히 응시할 뿐. 이 모습을 뚫어지게 바라보던 손자가 "만져볼래요." 하며 기어코 꺼내달란다.

아이 덕분에 밖으로 나온 방아깨비. '어휴! 죽는 줄 알았네.' 막힌 숨을 토해내는 듯하다. 어느새 그런 기운이 생겼을까. 아이가 만져보기도 전에 천지 분간 못 하고 다이빙할 자세다. 몸이 바스러질지라도 몰강스러운 인간의 손에서 탈출할 작심인 듯하다. 그럼에도 아이 손에 뒷다리 둘을 모아 쥐여 주며 "꼭 잡아라." 하며 무슨 월척이라도 놓칠 것처럼 아이에게 강다짐한다. 손자는 엄지와 검지로 조심스럽게 뒷다리를 쥔다. 아이의 연한 손가락은 실바람이 건들고 간 풀잎처럼 파르르 떤다. 방아깨비는 빠져나가려고 콩닥콩닥, 더 급하게 방아를 찧는다. 손자의 눈이 점점 커진다. 아무래도 놓칠 것 같다. 무명실 한 바람을 끊어오려고 반짇고리를 향해 달리는데….

"할머니, 얘 엄마는 어디 있어요?"

두 손가락에 힘을 다해 쥐고 있던 아이가 뜬금없이 방아깨비의 족보를 캐묻는다. 그리고는 풀잎 위에 곧바로 놓아주며, "엄마테 가얀다."라고 한다. 아이의 그 한 마디는 이악스런 할미의 가슴 언저리를 쿵 때린다. '그래 정민아, 보내주자.'

병 속에 담아두면 오늘 해 전에 꺼져버릴 생명인 것을. 손자의 잠시 놀잇거리로 잡아준 할미다. 그것도 모자라 질긴 무명실로 뒷다리를 꽁꽁 묶으려 했다. 아이의 손에서 기진할 때까지 방아를 찧도록 고문을 가할 생각이었으니…. 구약 성경 사사기엔, 삼손의 두 눈을 빼고도 모자라 그의 몸을 놋줄로 매어 맷돌을 돌리게 하던 블레셋 사람들의 잔인한 이야기가 나온다. 도대체 이 할미는 아이에게 무엇을 보여주려 했을까? 아찔하다. 자연과 짝하여 살겠다고 이곳 봉무리로 온 지가 얼마나 되었다고. 잃어버린 초심을 방아깨비와 아이가 다시 일깨워준다.

몇 년 전에 읽었던 『월든』을 요즘 다시 읽고 있다. 150여 년이 지난 지금도 자연에 대한 작가의 사랑과 선견(先見)은 누구도 따라갈 수 없다. 자작나무 이파리 하나, 발밑의 개미 한 마리까지도 사랑의 눈으로 바라보는 소로우. 야생 사과 한 알에 찍힌 반점까지도 순발력 있는 묘사로 표현한 그다. 그의 자연 사랑과 윤슬 같은 문체에 감동하고 일백 번 맛 나게 읽은들 무엇하랴.

팔딱거리는 방아깨비를 그 엄마에게 돌려보낸 다섯 살 손자가 참 자연인 아닐까. 방아깨비의 뒷다리를 무명실로 묶어서 숨이 끊어지도록 방아 찧게 하려던 생각 없는 할미. 쥐구멍이라도 찾고 싶다.

2018.07.

칼데라 호수

:: 필리핀 루손 섬 피나투보 산 정상. 거기에서 바라본 호수는 초면인데도 낯익게 다가왔다. 이 호수를 만나려고 새벽 어둠을 뚫고 산 입구까지 렌터카로 달렸다.

거기서부터는 길이 험해서 현지인이 운전하는 허름한 지프로 갈아탔다. 뼈가 앙상한 지프에는 푹신한 의자 같은 것은 없다. 구석에 세운 파이프에 널빤지 두 장을 엉성하게 묶어 놓은 게 좌석이다. 기사에게 차가 몇 년이나 됐는지 물었다. 마흔 살 먹은 도요타라며 해낙낙한 얼굴에 아카시 꽃 같은 이를 드러낸다. 새까만 엄지도 치켜세운다. 주름질 곳이 더 없을 만큼 늙어버린 지프가 열 식구를 먹여 살린단다. 그에게는 최고일 만하다.

온몸이 널뛰기를 한다. 차가 사정없이 기우뚱할 땐 비명과 함께 옆자리 생면부지 남자의 팔을 덥석 잡았다. 다행히 그나 나나 전기 갈은 건 끊긴 지 오래인 듯하다. 그래도 지송하다고 했더니, 그가 한술 더 뜬다. "괜찮아요. 더 꼭 잡아요." 한다. 지붕도 차창도 없는 차에서 터진 폭소는 이국의 하늘에 벚꽃처럼 흩날렸다.

차체가 처음엔 옥빛이 도는 파란색이었을까? 관옥 같던 젊은 날의 흔적이 빛바랜 하늘색으로 덧칠처럼 남아있다. 조수석 밑에는 검정 빨강 전선이 해부한 동물의 내장처럼 너덜거린다. 네 개의 바퀴는 연자 맷돌만 하다. 바퀴가 그렇게 큰 이유를 광야 길을 달리면서 알았다.

지금 지나고 있는 광야는 1991년 피나투보 화산폭발 전까지는 젖과 꿀이 흐르는 들판이었다고 한다. 그런데 화산 폭발로 용암이 무법자처럼 침범하여 씨앗 하나 싹 틔울 수 없는 황무지로 만들었단다. 그러나 사막과는 다르다. 비록 석회수이지만 광야에 물이 질펀하게 흐르고 있어 눈이 부드럽다. 도로가 따로 없다. 차는 물이 넘실거리는 광야를 달린다. 물살이 센 곳에선 연자 맷돌 같은 바퀴도 쉬쓸려 갈 것 같다. 차는 달리는 게 아니라 한 발짝씩 걸어간다. 물 위를 걷는 불혹의 지프. 백전노장 같다. 중년의 기사는 두 시간쯤 달리고 차를 멈춘다.

거기서부터는 큰 바위로 꽉 찬 오르막길이다. 남은 길은 걸어가야 한단다. 바위틈으로 끊일 듯 이어지는 맹감 넝쿨 같은 길을 붙잡고 가다 서다 했다. 발밑은 날선 바윗길이지만, 절벽에 끼어 조각 난 하늘엔 목화 같은 구름 송이가 거푸 지나간다. 친정어머니가 만들어 주던 조각보 같다. 그 길을 한 시간쯤 걸어 피나투보 정상에 올랐다. 에메랄드빛 호수가 내려다보인다. 커튼 속에서 '까꿍'하는 아이 같다. 화산재 절벽에 둘러싸인 호수가 천진스럽다.

'칼데라'라는 말은 가마솥이라는 뜻으로, 화산 폭발 후 생긴 호수를 일컫는다. 해발 1,486m 피나투보 산 정상에 있는 호수는 가마솥에 푸른 물이 남실거리는 것 같다. 호수는 주변의 화산재 절벽을 의지하고 호젓하게 들어앉아 있다. 잔부끄럼을 타는 산골 처녀 같기도 하다. 한 걸음만 다가서면 뒤란 깊숙이 숨어버릴 표정이다.

호수 가장자리에서는 아직 뜨거운 물이 퐁퐁 솟는 곳도 있다. 호수는 평균 수온이 섭씨 30도를 웃도는 강한 산성이라서 피라미 한 마리도 품지 못한다. 그러나 화산재 절벽은 빙 둘러 스크럼을 짜고 있다. 절벽은 호수에 발목을 담그고 짱짱하게 서 있다. 칼데라의 호위무사인가?

주변에는 화산재로 이룬 산이 있지만, 가뭄에 콩 나듯이 다문다문 돋아난 풀포기가 있다. 하지만 꽃은 피지 않고, 열매는 더더욱 맺지 못한다. 열매 없는 산에서는 새 소리도 들리지 않는다. 호수 속에 녹아드는 미네랄 함유량에 따라 물 빛깔이 시시각각 변한다. 내가 갔던 1월, 그날의 호수 빛깔은 우리나라 5월의 잔디색이었다. 바라보는 내 눈동자에도 연초록물이 들 것 같았다.

물에 손을 담가보고, 귀를 대어본다. 지구는 무슨 한(恨)이 그리도 깊어서 수천 길 가슴을 열고 몇 날, 몇 달이나 검붉은 핏덩어리를 토악질했을까? 저 시퍼런 물은 슬픈 지구의 눈물일까? 호수 시울이 높이 솟은 절벽으로 막혀, 철철 흐르지도 못하는 뜨거운 눈물. 호수 가득 미금고 식지 않은 가슴으로 그저 삭히고 훌쩍이며 하늘만 우러러보고 있다.

팔 남매 맏며느리로, 네 딸을 기르며 교장 선생님 같은 남편과 함께 40년을 살아왔다. 그동안 철부지 시동생들, 딸들의 투정과 남편의 불뚝성을 몰강스럽게 튕겨내지 못했다. 스펀지에 물이 스미듯, 옴시레기 받아낸 탓일까? 언제부터인지 가슴 속에 주먹만 한 불덩어리 하나 자라고 있다. 그것은 가끔 목젖까지 욱 치밀기도 한다. 그때마다 '지구의 평화를 위해 참자.' 하며 솟구쳐 오르는 마그마를 누름돌로 꾹꾹 누른다. 오이장아찌 담그듯이.

언제쯤일까? 시원하게 토해내고 저 호수처럼 고요할 때가…. '그래, 칼데라 호수여! 너는 내 마음 알겠구나.' 동병상련인가? 호수 가득 찰랑거리는 따땃한 물이 오래 삭힌 친구 같다. 나를 향한 무언의 초록 눈빛. 말이 필요 없는 칼데라의 품에 이대로 수수만년 안겨도 좋으리. 집으로 돌아가지 않을 수 있다면.

몇 년 전까지만 해도 쪽배를 타고 호수 반대편까지 가볼 수도 있고, 호숫가 모래밭에 텐트를 치고 야영을 할 수도 있었다고 한다. 그런데 지금은 호수를 보존하기 위해서 배를 없앴고, 야영도 금지하고 있다. 아쉽다. 자배기처럼 오목한 호수. 밤새 쏟아지는 손녀 주먹만 한 별로 가득 찼을 텐데. 별들이 수북한 자배기 위로 금빛 사선을 긋는 장면을 상상해 본다. 여름날의 소나기같이 별똥별이 쏟아져 장관을 이루겠지.

잠시 모래밭에 돗자리를 펴고 눕는다. 모래의 온기가 등에 뭉근하다. 삽상한 잔바람이 떼로 불어온다. 호수 저 끝에는 오색물감을 들이부은 듯하다. 호수가 하늘에 반조(返照)되었을까? 하늘과 호수 끝이 맞닿아 석양의 뭉크러진 빛 타래로 활활 탄다. 하늘이 호수인지 호수가 하늘인지, 경계가 혼몽하다. 지구상에 '신이 사는 곳'이 있다면 피나투보 산 위의 칼데라 호수일 것이다.

2016.06.

생매장

:: 필리핀 클락에서 푸닝 온천 가는 길목. 여기에 화산재 찜질장이 있다.

그곳 찜질장으로 가기 위해 클락에서 피나투보 산 입구까지 렌터카를 탔다. 거기서부터는 트럭으로 바꿔 타고 험한 화산 계곡을 달렸다. 사방이 뚫린 트럭은 일행을 태우고, 기암절벽 사이에 칡덩굴처럼 뻗은 길을 곡예 하듯 달린다. 낡은 트럭의 바퀴가 빠지면 어쩌나 걱정될 만큼 요동친다. 내장이 혼비백산, 제자리에 다 붙어있는지 모르겠다.

두 시간쯤 지나 찜질장이 있는 아이따이족 마을에 도착했다. 찜질장은 사방 벽이 없고 얼기설기 엮은 지붕과 기둥만 있었다. 확 트인 방마다 화산재로 채워져 있다. 일설에 의하면, 화산재에는 게르마늄 함량이 풍부해서 모공 및 각질 관리 등 피부 진정 효과가 월등하며, 노폐물에 대한 정화작용도 뛰어나서 많은 사람이 화산재 찜질을 선호한다고 한다.

찜질할 때는 입고 간 겉옷을 벗고 거기서 제공하는 가운만 속옷

위에 입어야 했다. 칸막이도 없는 곳에서 속옷과 얇은 가운으로 속살을 가릴 뿐이다. 남녀가 따로 드는 것도 아니다. 대낮 난전에서 이런 차림으로 남녀가 섞여서 찜질한다니. 더구나 준비시키는 사람은 서른쯤 되어 보이는 아이따이족 남자다. 나이로 치자면 막내아들쯤 될까? 두 손주의 할머니인 나는 겁먹은 아이처럼 가슴이 콩닥거린다. '설마 쭈글한 나를 어쩔라고?' 하면서도 내 허술한 차림새 탓인지 참 불안하다.

팔뚝에 힘줄이 울뚝불뚝 꿈틀거리는 그 청년이 내 곁으로 성큼 다가온다. 그는 삼태기만 한 삽으로 구덩이를 파냈다. 그리고 소 눈 같은 큰 눈을 굴리며 나에게 무슨 말을 한다. 영어도 아니다. 차라리 영어라면 한 마디라도 알아들을 수 있으련만. '따갈따갈' 하는 소리가 도통 무슨 말인지 모르겠다. 그러나 그의 확실한 손짓 몸짓으로, 행동을 따라 하는 데는 지장이 없다. 그러더니 나더러 그 구덩이에 들어가 누우라고 한다. 그것도 차렷 자세로 누어야 한단다.

선생님 말씀 잘 듣는 유치원생처럼, 구덩이에 살며시 누워 가운을 여미고 두 팔을 양옆에 붙였다. 그 청년은 시체처럼 누워 있는 나에게 얼굴만 내놓고 뜨거운 화산재로 둥둥하게 붇는다. 완전 생매장이다. 처음엔 숨이 막힐 것 같았다. 그것도 잠시, 홧홧한 열기가 살갗을 뚫고 오장육부 혈관 속으로 스멀스멀 기어든다. 점점 화산재의 묵직함에 익숙해지며 마치 뜨거운 물에 든 애벌레처럼 온몸이 쫙 퍼진다. 제아무리 교만으로 목을 짱짱하게 세워도 한 마리 애벌레와 다를 것이 무엇인가. 한참 지나니 마침내 열기에 녹은 몸뚱이가 몇 방울의

땀이 되어 화산재 속으로 가뭇없이 스며드는 것 같다.

삶의 소실점에서 호흡이 멈추고, 흙에 묻힐 때도 이럴까? 한 길 몸통 속을 흐르던 물과 피를 다 비우고, 한 움큼 재가 되어 흙에 스며드는…. 그래서 모든 생명은 어머니의 품 같은 흙을 통해서 삶과 죽음이 일직선상에 놓이게 되는 것인가?

얼마나 지났을까? 부덤이 되어버린 내 발치에서 뭔가 누르는 듯 민들레 꽃씨 같은 무게가 발끝에 닿는다. 실바람에 눈을 떠보니 앙증스런 까만 소녀가 위에 있다. 그 소녀는 내가 누워 있는 화산재 무덤 위에 올라 발끝부터 허벅지 언저리까지 자근자근 밟는다. 옆의 무덤들 위에도 고만고만한 소녀들이 풀꽃처럼 피어 있다. 무덤 속의 뻣뻣한 내 삭신이 소녀의 발끝에서 입 속의 유과처럼 녹아드는 것을 어쩌랴. 옆에 묻혀 있는 한창 젊은 남자는 이럴 때 기분이 어떨까? 할매가 참 주책이지만, 그렇다고 상상조차 못 할까? 웃음이 나온다.

소녀가 갈대 부채를 들고 땀방울 맺힌 내 얼굴을 연신 부쳐준다. 부채 바람은 어릴 적에 모깃불 몽글 몽글 타는 마당가 멍석에서 어머니가 부쳐주던 그 바람 같다. 필리핀의 아이따이족 소녀에게서 아늘아늘한 보성(母性)을 느낀다.

삽상한 부채 바람에 다시 눈을 감는다. 소녀는 내 이마에 흘러내린 땀 젖은 머리카락을 가만히 쓸어주기도 한다. 보드라운 손맛이 달디 달다. 나의 실눈이 아이의 머루 알 같은 눈과 마주친다. 이제 갓 열 살 남짓한 아이는 깊고 동그란 눈에 초록색 미소를 가득 담고 있다. 그 미소에서 상긋한 풀냄새가 나는 것 같다. 미간에 있는 작두콩만 한 사마귀가 인상적이다. 아이의 검은 얼굴에 눈 흰자위가 산딸나무 꽃잎처럼 희다. 시골집 울타리에서 금방 따 온 오이 냄새가 난다.

'그래, 너와 나의 만남도 창세 전에 예정되었을 거야. 이 세상에서 우연인 만남은 하나도 없으니.'

이 마을에서는 아이들이 태어나서 학교는커녕 계곡 밖으로 평생 한 번도 나가보지 못한 사람이 많단다. 계곡 바위틈에서 풀잎처럼 돋아나고 풀꽃 같은 웃음을 공해에 찌든 외지인들에게 나눠주는 이 아이들. 자연 속에 어우러져 석간수처럼 흘러가는 그들의 말간 삶이 부럽다.

법구경에 "모든 존재는 무한의 과거를 내포하고 있다."라고 했다. 지금 내 얼굴에 스치는 바람 한 가닥도 수수만년 전에는 이 깊은 계곡 아이따이족 마을을 서성이며 그들의 무구(無垢)한 몸을 감싸주었겠지. 풀밭 같은 하늘을 바치고 서 있는 저 절벽들의 실한 근육도 흡사 원주민 추장 같았을 것이고, 양떼구름은 마을 아이들의 머리에 닿을 듯 떼로 몰려왔으리라.

바람은 그 오랜 세월 어찌 지치지도 않을까? 저 높은 절벽을 어떻게 저리도 순하게 넘나들 수 있는지. 아니다. 절벽 사이 나뭇잎들이 지금 세차게 나부끼는 것은 절벽을 타는 바람들의 소리 없는 날숨 탓이리라.

비와 눈, 뿌리와 이파리, 죽은 새와 나비도 다 받아들이는 것이 흙의 생리다. 그 낙낙한 품으로 내가 돌아갈 때, 소녀의 부채 바람에 잠들 듯 갈 수만 있다면 그곳이 바로 천국의 문이다.

화산재 속에서의 한 시간은 아슴푸레한 죽음 저편 겁(劫)으로 인도하는 영혼의 쉼터였다.

2016.06.

다 비(茶毘)

∷ 푸른 불꽃이 신발을 휘감는다. 어머님의 수만 가지 얼굴이 말을 걸어온다. 소천하신 지 3년째, 주인을 잃은 고향집에서다.

어머님의 흔적으로 남겨 둔 신발들이 마루 밑에서 돌아오지 않는 주인을 기다린다. 빈집의 대문을 열면 신발 세 켤레가 어머니처럼 맞아준다. 집을 정리했으니 이제 그만 신발도 어머니 곁으로 보내드려야 할 것 같다. 저승에 계시는 어머니께 신발을 보내는 길이 무엇일까.

가리 나무 불쏘시개에 성냥을 그어 불을 붙인다. 사르르 붙는 불길 위에 삭정이를 엇갈리게 얹고, 불붙은 삭정이 위에 망사 신발을 올린다. 삭정이의 불꽃이 신발로 옮겨붙는다. 다비식을 행하는 마음은 어떨까? 흡사 내 발끝에 불이 닿는 듯 오금이 저리다.

몇 년 전에 TV에서 보았던 송광사 뒤 야산에서 행했던 법정 스님의 다비식 장면이 떠오른다. 살아생전에 무소유를 몸소 실천하셨던 스님은 마지막 가는 길에도 철저한 무소유로 떠났다. 그의 온기 없는 몸은 유언대로 관(棺)도 없이 평상에 뉘어졌다. 그는 망자들이 입고 가는 소박한 수의 한 벌마저 사양했다. 평소 입던 적삼에 붉은 가사 한 장 덮고, 참나무 불길 위에 늦가을 마른 풀잎처럼 누웠다. 사리(舍利)조차 챙기지 말라 하셨던 스님의 다비식은, 생의 끝을 모르고 나부대는 나에게 하루살이의 춤사위를 멈추게 했다.

백화점 진열대의 화사한 옷가지에 마음을 빼앗기고, 기름진 음식에 침을 삼켰다. 장막을 한 뼘이라도 넓히기 위해 가파른 너덜겅을 쉼 없이 달려왔다. 정신 줄이 길바닥에 줄줄 새는 것도 모르고….

세 켤레 신발은 어머니가 남긴 작은 흔적이다. 어머니의 체온이 남아있는 망사신발은 어머니가 나들이할 때 신던 여름 신발이다. 여수 오동도 앞 갯바위에 부서진 파도의 잔해를 밟기도 하고, 어쩌다 가족 나들이하던 날 순천 향림사 앞 도랑물에 젖기도 했다. 잠자리 날개 같은 망사는 재가 되고, 앞볼과 뒤축이 잉걸불에 오그라든다. 그리고 밑창으로 불이 번지면서 불꽃이 치솟고, 검은 머릿단 같은 연기가 솟는다. 망사 신발이 연기를 풀어헤치고 어머니가 밟고 가신 구만리 장공을 향해 걸음을 놓는다.

자주색 단화를 그 위에 또 얹는다. 순천 5일 장에 가실 때면 신던 신발이다. 숭어가 펄떡이는 어물전의 비린내가 묻어있고, 포장마차 장터 국시의 구수한 멸치 국물 냄새가 배어있던 신발이 아닌가. 검은 연기 속의 불의 혀가 너울너울 자주색 단화를 서서히 삼킨다. 자주색이 검은색으로 변한다. 단화는 연탄불 위의 오징어 같다. 불길을 안고 대롱처럼 말린다. 대롱 속에서 도라지꽃 같은 푸른 불꽃이 피어오른다. 단화는 나울거리는 도라지꽃 속으로 옴시레기 사라진다.

마지막 남은 흰 고무신을 꺼져가는 불 위에 삭정이와 함께 얹는다. 고무신은 여름날 엿가락처럼 휘어지다가 인절미 같이 늘어져 삭정이에 엉겨 붙는다. 부지깽이로 뒤집어도 떨어지지 않는다. 거기에도 여름날 울타리 밑의 꽈릿빛 불꽃이 인다. 고무는 먹물 같은 연기를 몇 숡음 뿜어낸다. 어머니가 들에서 일할 때 신던 신발이다. 끝이 보이지 않는 큰골 밭고랑에서 김을 매고, 감자와 콩을 심고, 텃밭에는 갖가지 남새 씨앗을 뿌리던 고무신이다.

세 켤레의 신발은 타버리고 오보록한 잿더미는 말이 없다. 어머니의 귀밑머리 같은 하얀 연기만 치자 빛 노을을 향해 몽개몽개 피어오를 뿐이다.

신발들의 연기 색은 제각각이다. 불꽃 색깔도 다르다. 그러나 연기가 올라가는 방향은 같다. 구만리 장공을 향해 나팔꽃이 새끼줄을 타듯, 연기 가닥이 실바람을 붙잡고 오른다. 그 끝 어딘가에서 어머니가 나팔꽃 같은 얼굴로, 정들었던 신발을 받아 보실까? 어머니의 220mm 자그마한 발에 구름의 머리채 같은 연기 신발이 맞기나 할는지….

"큰아야, 이참 신발은 어찌 요렇게도 큰놈을 샀냐?"라고 하는 어머니의 고운 투정이 장공을 타고 내려와 무딘 귓전에 들리는 듯하다. 삶과 죽음의 거리가 무한대인 것 같다가도 이럴 땐 어찌 이리도 가까울까.

"어머니!"

어머니와 함께하던 36년. 눈으로 볼 수 있고, 부르면 대답하고, 팔을 뻗으면 닿을 수 있는 거리였다. 그런데 이제는 신발 한 짝의 흔적마저 다비(茶毘) 속에 사라진다. 그러나 마음의 인연은 무한한 장공으로 이어지겠지.

2015.12.

치앙마이 안마

:: 여자의 몸매가 실팍하다. 어림잡아 80kg은 될 듯하다. 팔뚝은 불국사 대웅전 기둥만 하다. 민첩성이 적어 안마가 시원치 않을 것 같다. 하지만 그것은 괜한 걱정이었다. 노련한 안마 솜씨에 며칠 동안 쌓인 여독이 배스킨라빈스 아이스크림처럼 녹아내린다.

그녀는 안마할 때, 실한 손을 사용하기보다는 팔뚝을 주로 사용한다. 때로는 오체투지로 꾹꾹 누르다가 어느 부위에선 힘을 사르르 빼기도 한다. 그녀의 몸짓에 따라 장승 같던 내 육신이 흰죽의 밥알처럼 나달나달 풀어진다. 60여 년 부려 먹어 풀기 없는 몸이 난생처음 호사한다.

내 몸은 시원해지는데 그녀의 검게 탄 이마에선 구슬땀이 점점 더 맺힌다. '아서라, 너는 누구이고, 나는 누구이기에….' 수만 리 이국땅에서 생면부지이 여인에게 안마 서비스를 받으니 미안한 마음이 구름처럼 인다. 무슨 인연으로 이런 대우를 받을까.

그녀의 정성을 다한 안마로 굳었던 근육 줄기가 데쳐낸 숙주나물

같이 부드러워진다. 가랑잎처럼 말라가던 영혼이 이제야 눈을 뜬 것인가. 갑자기 그녀에 대해 궁금해지기 시작한다.

"혹시 몇 살이세요?"

"서른셋이요."

"결혼은?"

"안 했이요."

우리나라에선 사람을 처음 만나면 대체적으로 먼저 나이를 묻고, 고향을 묻는다. 실례가 되지 않을까 하면서도 어설프게 그녀에게 나이를 물었다. 서른세 살이라고 한다. 우리 셋째 딸 또래다. 더 안쓰럽다. 내친김에 결혼했느냐고 물었다. 수줍은 표정으로 아직 아니란다. 좋은 인연 만나서 포근한 가정 일구면 좋겠다는 생각과 함께 그녀의 등을 다독여준다.

그런데 웬일일까? 실팍한 등에서 전해오는 온기가 낯설지 않다. 그러고 보니 시작부터 내 팔다리를 꾹꾹 누르는 처녀의 검지와 팔뚝에서도 낯익은 온기가 건너왔던 것 같다. 머루 알 같은 눈과 나지막한 콧대가 전혀 이국적이지 않다. 희미한 동질감이 그녀와 나의 가슴 안에 명주실 같은 길을 내고 있다. 그렇다. 너와 나의 인연은 범상치 않은 듯하다. '혹시 라후족은 아닐까?'

김병호 박사가 쓴 『내 사랑 치앙마이』가 있다. 이 책에 의하면 라후족은 이곳 치앙마이와 치앙라이에 사는 고산족 중의 하나로 우리 고구려 후손이라고 한다. 그녀가 고구려의 후손이라면 나와 같은 김씨 후손은 아닐까?

『삼국사기』와 『삼국유사』를 연구하는 학자들에 의하면 우리 민족과 라후족(리수, 아카) 사이의 풍속과 언어에서 유사한 점이 참 많다고 한다. 라후족이 사용하는 절구통, 디딜방아, 쟁기, 맷돌 등이 우리와 비슷하고, 언어에서도 의문문과 부정문의 문장 배열이 같단다. 이런 것들이 어찌 우연일까. 라후족 아이들도 실뜨기, 공기놀이, 제기차기, 널뛰기, 팔방 놀이 등을 즐겨 한단다. 요즘처럼 오락기구가 흔치 않던 시절, 우리가 어렸을 때 많이 하던 놀이가 아닌가. 외모 역시 우리와 흡사한 이들의 삶은 그 뿌리에 근접할수록 우리와 수많은 이야기로 연결되어 있을 것 같다.

『삼국사기』에 이런 내용이 있다. 서기 668년 당나라가 고구려를 멸망시켰을 때다. 일본 강점기에 우리 민족이 북간도나 시베리아 벌판까지 쫓겨났던 것처럼, 당나라 조정이 고구려 유민을 오늘날의 사천성, 청해성 일대의 황무지로 강제 이주시켰다는 기록이다. 라후족의 전신인 고구려 유민들은 척박한 그곳에서 견디지 못하고, 살기 위해서 히말라야 남쪽 치앙마이까지 한 걸음씩 흘러갔으리라.

안마를 받아서 온몸이 시원하다. 하지만 가슴은 먹먹하다. 한 뿌리에서 돋아난 이쪽 가지와 저쪽 가지들, 수만 리 이국땅에서 이렇게 만나다니. 오늘 이곳에서 만난 까무잡잡한 안마사와 나의 만남은 오래전부터 예정에 있던 일인 듯하다.

그녀의 보드라운 손길이, 검지가, 하박(下膊)이 나의 노곤한 육신 위를 사뿐사뿐 걷는다. 뭐가 잘 났다고 깁스한 것처럼 뻣뻣하던 내 뒷목 뼈가 온 힘을 다하는 그녀의 엄지 압력에 부들부들해진다.

먹물에 담갔다 건져낸 듯한 그녀의 머릿단이 말총처럼 등을 덮는다. 이마에선 여전히 땀방울이 맺혀 구른다. 벌떡 일어나 역할을 바꾸고 싶다. 내가 그녀를 안마해주리라. 헐거운 수고비 100바트(Baht)에 저토록 흘리는 땀이라니. 내일도 모레도 수많은 손님을 맞아 진한 구슬땀을 쏟아내겠지. 안쓰럽다. 거의 두 시간 동안 편안히 누워 염치없이 고임을 받는다. 나의 노독을 그녀에게 옴싹 옮겨준 것 같다.

그녀의 환영(幻影)은 일상 속에서 가끔 어른거린다. 서른세 살, 고구려 후손일지도 모르는 치앙마이 아가씨는 집에 돌아와서도 문득 생각나곤 한다.

2017.04.

부처를 만나다

:: 강원도 동해시에 있는 두타산 자락이다. 무릉계곡을 따라 산을 오른다. 가을 계곡의 공기는 차고 맑아서 몽몽한 머리를 찌른다.

물은 소리로 말한다는 어느 시인의 말처럼 계곡물 소리에서 무릉도원의 관우, 장비, 유비의 호탕한 음성이 들리는 듯하다. 물소리는 착잡한 마음을 무념무상 속으로 끌어들인다. 길은 계곡을 따라 낭창하게 휘어지다가 다시 정상을 향해 솟구치듯 가파르게 이어지기도 한다.

걷든지 멈추든지 두 다리에 길을 맡기고 한참을 오르는데, 단풍 든 참나무들 사이에 아름드리 고목이 오체투지로 엎드려 있다. 껍질을 보니 참나무 고목인 것 같다. 우둘투둘한 껍질이 가을볕을 빨아들여서 짚어보니 따스하다. 퍼석한 살점들이 부스러져 내린다. 고목을 가만히 밀어본다. 생각보다 가볍게 자리를 옮긴다. '이 자리 또한 영원히 내 것이 아니다.'라는 듯이.

마음의 일은 참 뜬금없다. 우주를 품을 만큼 널찍한 것 같다가도 상반된 두 마음이 서로 찌를 때는 옹솥보다 좁아진다. 시골 땅을 팔았는데, 여섯 달 만에 땅값이 많이 올랐다는 허망한 소식에 태연할 수 없다. '그래 그럴 수 있지. 집착하는 마음을 내려놓아라.' 하며 물소리가 방하착(放下着)이라는 화두로 나를 일깨운다. 엉겅퀴밭이 되어 서로 찔러대던 마음 뜰이 시원한 물소리에 한결 청안해진다.

고목의 숨 그친 몸통 위엔 푸른 이끼와 꽃구름버섯이 오보록이 올라온다. 사이좋은 오뉘처럼 너도 먹고 나도 먹고. 개미와 땅강아지가 그 동네 고샅을 기웃거린다. 내년 봄에는 곤줄박이도 찾아와 보금자리로 삼을 것 같다. 죽었다 하나 산 자보다 쓰임새가 더 많다. 쓸모없는 나무가 아니다. 무성한 참나무보다 더 우람하다. 한 아름은 실히 될 것 같다. 윗부분은 삭아지고 없다. 중간 둥치는 갑옷 같은 껍질이 바스러지는 속살을 겨우 감싸고 있다. 밑둥치는 너구리가 살았는지 커다란 굴이 되었다. 휑하다. 흡사 황산벌에 쓰러져 있는 계백 장군 같다. 노장의 갑옷 같은 껍데기는 군데군데 금이 쩍쩍 벌어졌다. 그 틈새로 삐져나온 퍼석한 속살이 세월의 두께를 말해준다.

썩어가는 속살 위에 담쟁이넝쿨 두 줄기가 아무 물정 모르고 기어오르고 있다. 피난살이 기아에 쓰러진 어미의 젖가슴을 빨고 있는 아기처럼…. 나무 둥치는 죽은 게 아니다. 숨을 거둔 그 품에서 새로운 생명들이 또 숨을 쉰다. 죽은 둥치마저 쉬이 무화되지 않는다. 살아 있는 것들의 밥이 되고 거처가 된다. 죽은 나무둥치와 미물이 창조에 동참하며 생명을 이어가고 있다. 그래서 윤오영 씨는 일찍이 "수명에는 한계가 있으나 생명에는 한계가 없다."라고 간파했을까?

사람은 숨 쉬는 한 끝없는 에고의 바벨탑을 쌓아간다. 탑의 꼭짓점만 바라볼 뿐, 생의 소실점에는 별로 관심이 없다. 소실점은 나날이 나를 향해 황소처럼 느리게, 또는 살쾡이처럼 잽싸게 달려오는데. 그 끝점을 향해 급발진한 자동차처럼 내달아 온 것 아닐까. 아찔한 일이다. 이쯤에서 브레이크를 밟아야 할 것 같다. 멈추면 더 많은 것을 볼 수 있고 안전할 텐데.

참나무는 푸르던 몸의 형과 색을 온전히 달리했다. 남은 몸뚱이는 손만 대도 파편이 낙하한다. 불 속에 들면 한 장 종이처럼 소리 없이 타버릴 것 같다. 이 둥치 그 어디에 짱짱한 가지를 달고 있었을까? 하늘을 향해 우러르던 가지들은 모두 어디 갔을까? 노을빛 들이치는 가지 사이 둥지에선 새들이 노래를 불렀을 것이고, 총총한 이파리가 만든 멍석 같은 그늘에선 산토끼가 다리쉼을 했을 것이다.

썩어가는 나무둥치가 몸으로 말한다. 해바라기 씨처럼 촘촘한 삶보다는 삼베처럼 얼멍얼멍하게 살아보라고. 그것이 깃털 같은 삶이라며….

고목 옆에 미끈하게 선 금강송 한 그루. 그 자태가 사뭇 귀부인 같다. 구름 같은 푸른 머릿결 위에, 담박한 재두루미 한 마리가 한 다리로 서서 고개를 갸우뚱한다. 물음표 같다. 하늘을 향해 천리(天理)를 읽고 있다. 그 또한 나처럼 깨닫지 못한 것일까?

참나무 고목은 쓰러지기 전까지 계절 따라 푸른 옷과 단풍 옷을 갈아입었겠지. 참나무의 들숨은 땅속의 깊은 뿌리에 젖줄처럼 닿고, 날숨은 두타산 능선을 따라 멀리멀리 출렁거렸으리라. 쓰러진 후에는 어미 개가 강아지의 상처 입은 다리를 핥아주듯이, 봄비는 풍설에 멍든 나무껍질을 자분자분 어루만졌을 것이고, 훈풍은 밤낮으로 주위를 서성였으리라.

죽은 나무둥치가 산바람 같은 한숨을 토하며 나를 향해 퍼석한 몸을 돌린다. 신산한 내 마음에 죽비를 내려친다. '한 줌 흙으로 돌아갈 그 날에 무엇을 쥐고 갈 수 있으며, 반물이 한 조각인들 어찌네 것이냐.'라고. 몇 조각 전답에 대한 깊은 아쉬움이 천둥 같은 호통에 혼비백산하여 무릉계곡 물살을 탄다.

"속을 휑하니 비워버린 네가 바로 부처로구나."

엉겅퀴로 꽉 찬 내 안의 뜰이 부끄럽다.

2015.10.

2016년『에세이문학』여름호

저승 가는 길

:: 만인이 예외 없이 가야 하는데도 정작 가고 싶지 않은 그 길은 어떤 길일까?

며칠 전, 안양 석수동 1번 국도를 지날 때였다. 그 길이 어떤 길인지 어렴풋이 짐작하게 하는 짧은 글귀에 정신이 번쩍 들었다.

"무단횡단은 저승 가는 길"이라며, 안양 만안 경찰서에서 도로변에 내건 현수막이다. 갑자기 무단으로 횡단하는 보행자 때문에 대형 사고로 이어지는 경우가 많다. 그런가 하면 운전자의 날벼락 같은 신호 위반이 싱싱한 생명을 순식간에 날치기하기도 한다. 그처럼 원치 않으면서도 한순간에 갈 수 있는 길이 저승 가는 길이다.

누구든지 죽음을 외면하고 싶지만 거역할 수 없다. 그렇다면 질병 없이 천수(天壽)를 누릴 수는 있을까? 아마도 죽음 복을 억수로 타고난 사람이 아닌 바에야 그저 희망 사항일 뿐이다. 누구나 생로병사(生老病死)의 인생길을 간다. 인생 말년이 되면 거의 다 질병을 앞세워 저세상의 길로 들어선다. 그래서 의학계의 수많은 석학들은 질병에서 벗어나기 위해 이 순간도 연구실의 등불을 끄지 못한다. 그런 나약한 인간의 도전 앞에 불사조 같은 난치병은 꼬리를 물고 태어난다.

구약성서에 나오는 에녹처럼 죽음을 보지 않고 천계(天界)로 가는 길이 있다면 얼마나 좋을까? 천국의 문, 그곳으로 가는 매표소 앞의 줄서기는 강남의 아파트 청약 줄보다 훨씬 길 것 같다. 아마도 365일 장사신을 칠 것이다. 일이 바쁜 사람들은 최저임금이 아니라 최고임금으로 품을 사서 대신 줄을 세울지도 모른다. 요즘처럼 취업난으로 허덕이는 시대엔 대리 줄 서는 직업도 성업일 것 같다. 그뿐일까? 암표 한 장에 수십억, 수천억 원의 웃돈이 붙을 것이다.

18세기 이전까지만 해도 자연사(自然死)가 대부분이었다. 그러다가 산업사회로 접어들면서 문명의 이기에 의한 사고사(事故死)가 많아졌다. 첨단시대인 요즘은 사고사가 자연사 숫자보다 훨씬 많다. 그중에서도 자동차로 인한 사고사가 가장 많다고 한다. 그렇다고 자동차를 아니 탈 수도 없고, 분명 자동차는 문명 시대에 필요악의 존재인 것만은 틀림없다.

과연 저승이라는 피안이 있기는 할까? 죽음에서 혼백이 나뉘어 육신의 장막을 벗고, 깃털 같은 영혼만 날아 들어간다는 그곳. 그런데 인간 역사 이래로 수많은 사람이 들어가기만 할 뿐, 가보고 온 사람은 전혀 없다. 그 길은 호흡이 있는 자에겐 영원한 전인미답(前人未踏)의 세계로 그저 산 자들의 무수한 상상만을 펼칠 뿐이다. 고향의 양지바른 오솔길 같을까? 차마고도 같은 절벽 길일까. 아니면 '천상의 화원'이라 불리는 강원도 태백 분주령의 야생화길일까.

어릴 때 동네 어귀에서 듣던 처량한 상두 소리 한 구절이 잔바람에 스쳐온다. "저승길이 멀다더니 대문 밖이 저승일세./ 황천길이 멀다더니 앞산인 줄 왜 몰랐을까." 옛사람들도 타자의 죽음을 본 후에야 저승이 바로 곁에 있는 줄을 알았던가? 예나 지금이나 이승 끝에 매듭도 없이 이어진 것이 저승이라지만 건강할 때는 잘 보이지 않는 곳이기도 하다. 마치 나와는 무관한 것처럼.

세상의 부귀영화를 모두 거머쥔 자도 저승길은 두려워한다. 밤이슬을 피할 길 없는 걸인도 그곳엔 가지 않겠다고 버틴다. 수많은 병원의 병실은 환자들로 항상 넘쳐난다. 갈 때 가더라도 그날을 조금이라도 미뤄 보려는 안타까운 마음이리라. 그러나 세상의 어떤 명의(名醫)도 저승길에서 유턴시킬 수 없다. 무한대로 발전하는 인간의 날 선 재능도 그 길에선 완전히 무화된다. 대자연의 순환 앞에서 어느 누가 예외일 수 있을까.

칠순부터 장롱 속과 세간들을 되작거리며 '버리기 운동'을 시작했다는 지인의 이야기가 머릿속을 맴돈다. 빈말이 아닌 것 같다. 어느 노스님은 이 세상 떠날 때 이승에 뿌린 박하 이파리 같은 활자를 모두 지우고 싶다고 했다. 오염된 영혼들을 씻어준 석간수 같은 책들인데도…. 하물며 우리의 삭아질 육신을 담고 있던 허물 같은 옷가지며 살림살이들. 신식이면 어떻고 구식이면 어떨까. 언제부터인지 더 사들이거나 바꾸고 싶지 않다. 소탈한 성격 탓인 줄 알았다. 그런데 버리기 운동을 시작했다는 지인의 마음이 요즘 새록새록 내 마음이 되어가는 듯하다.

히딩크 감독이 2002년 월드컵 때, 선수들에게 "어차피 뛰어야 할 운명이라면 축구를 즐기라."라고 했다. 나도 즐거운 마음으로 저승길을 갈 수는 없을까? 애초에 청함도 받지 않고 이승에 와서 이만큼 살았으니, 지금 간다 해도 그리 앵할 것이 없을 것 같다. 장자는 "아직 오지 않은 미래의 삶과 죽음을 걱정하지 말고, 현실에서 물아일체(物我一體)가 되어 유유자적하라."라고 했다. 그런데도 우리 인간은 현실에서 삶도 제대로 갈무리하지 못하면서 미래의 죽음을 걱정한다. 뱁새가 붕새 마음을 어찌 알 수 있을까.

산책길에 만났던 소나무 고목 둥치가 의연하다. 저 나무도 어느 봄날 연둣빛 돛을 달고 숲의 바다로 왔을 것이다. 거기에서 뿌리, 줄기, 잎이라는 관계의 덫을 엮으며 한세상 신명 나게 살았으리라. 산 중턱에 스르르 닻을 내린 고목 둥치가 자연 속의 다른 사물보다 더 나을 것이 없는 나에게 조곤조곤 이른다. 이처럼 삭아지는 것 또한 새로운 시작이라고. 삶과 죽음이 하나이니 죽음을 두려워하지 말란다.

목화 구름 만발한 하늘에 펄럭이는 현수막이 법문처럼 외치고 있다. 개똥밭에 굴러도 이승이 더 낫다며. 자발없는 무단횡단으로 저승길을 앞당기지 말라고.

2018.08.

포개진 두 마음

:: 할머니의 얼굴이 평화롭다. 청년이 우람한 할머니의 휠체어 앞에서 환하게 웃고 있다. 흡사 눈 내리는 날 구들장 방 화롯가에서 자분자분 이야기꽃을 피우고 있는 조손(祖孫) 같다.

열무를 다듬으려고 신문지를 펼치는데 특별한 사진이 눈길을 붙잡는다. 청년은 연탄불 위의 오징어 발처럼 뒤틀린 할머니의 손을 감싸 잡고 있다. 할머니의 팔과 손등은 흡사 물에 불린 북어 껍질 같다. 할머니의 험난한 삶의 흔적이 북어 껍질 속에서 숨을 죽이는 듯하다. 하얀 치아를 가지런히 드러낸 해맑은 청년의 하얗고 보드레한 손이 대조적이다. 할머니를 쳐다보는 그의 살가운 눈길이 마주 잡은 손보다 더 정겹다.

청년의 젊은 손. 그 손은 때때로 밤을 새워 도스토옙스키의 『죄와 벌』의 책장을 넘겼을 것이고, 아리잠직한 여자 친구의 손을 잡고 솜사탕 같은 미래를 속삭이기도 했을 것이다. 또 어느 날은 수상스키 줄을 아슬아슬하게 움켜쥐고 푸른 물살도 갈랐으리라. 그토록 자유분방했을 손이 할머니의 쭈글쭈글한 손 위에 포개진 것은 어쩐 일일까?

신문의 사진은 이스라엘 변방에 있는 어느 요양원 뜨락의 풍경이다. 이곳에는 스물네 명의 홀로코스트(2차 대전 유대인 학살) 생존자들이 기구한 삶의 마지막을 준비하고 있는 곳이란다. '할머니와 청년은 어떤 사이일까?' 궁금한 마음에 5단 기사를 단숨에 읽었다.

"이럴 수가!"

이 청년들은 독일 학생들이란다. 이들 중에는 나치에 부역했던 자의 손자 손녀들도 있다고 한다. 이들은 독일에서 직업학교를 마치고 1년 예정으로 이곳 양로원으로 봉사하러 왔단다. 한 청년은 인터뷰에서, "모든 독일인이 나치와 같지 않다는 걸 보여주고 싶어서 왔다."라고 했다. "보상금을 지급하는 것으로는 유대인 학살의 기억을 절대 지울 수 없다."라고도 했다. 이런 마음을 갖는 가해자의 태도에 스러지지 않을 원한이 어디 있으랴.

그들 중의 한 사람은 교과서에서 600만 명이 학살당했다는 이야기를 읽었지만, 생존자 한 명의 손을 맞잡고 그 온기를 체감하며, 목소리를 직접 듣는 것이 더 충격적이었다고 고백한다. 백 번 듣는 것보다 한 번 보는 것이 체감도가 더 높다는 말일 것이다. 그렇다. 이들의 손이야말로 차세대를 이끌어갈 큰손인 것 같다. 울 넘어 가을 홍시처럼 부럽다.

생면부지의 사람끼리도 첫인사를 나눌 때 악수를 한다. 서로의 온기를 체감하므로 상대방의 마음을 읽게 되는 것이다. 손에는 온몸의 신경이 모여 있기에, 손을 잡는 순간, 눈에 안 뵈는 마음마저 빠르게 읽어내는 것 같다.

홀로코스트 유대인과 나치 후손의 손이 포개지기까지, 이 독일인 청년은 1년 이상의 시간을 전심으로 할머니를 돌보았단다. 환하게 웃고 있는 유대인 할머니도 처음엔 병간호하러 온 독일 청년들과 눈을 마주치는 것만으로도 살이 떨렸다고 한다. 그런데 지금은 독일 청년이 떠먹여 주는 수프를 자연스럽게 받아먹고 있다. 곰살가운 그녀의 눈길이 청년의 얼굴에 시종 머물러 있다. 친할머니가 손자를 바라보는 듯한 그윽한 눈빛이 지면 위에 흐른다.

이들이 마음의 문을 열기까지는 최소 1년이 걸린 것이다. 그래서 독일 청년들의 자원봉사 기간도 1년 이상 서약서를 써야 한다. 그럼에도 그들은 기꺼이 달려가 그분들의 손을 잡는다. 긴 봉사 활동이 결코 시간 낭비라고 생각하지 않는다. 자신의 잘못을 솔직하게 인정하고 상대방에게 다가가려는 그 마음. 이런 낙낙한 마음이 봉사의 손끝에 묻어난 것이다. 그 손끝이 건강한 독일의 사회와 국가를 만들어 온 것이리라.

진정한 용서와 화해의 모습이 이런 것이다. 독일 청년의 손길이 삶 저편의 일처럼 부럽다. 일부 일본의 학생들도 우리나라 위안부 할머니들의 거처를 찾는 모습이 뉴스 매체에 종종 보인다. 그러나 진정성 없는 일회적인 손길에는 감동이 없다. 끊임없이 이어지는 참 손길만이 앵돌아앉은 상대를 감동하게 할 수 있을 것이다.

똑같은 70년의 세월이 지났는데, 독일과 일본은 참으로 다르다. 일본은 피해자의 차가운 손을 잡아주기는커녕 역사를 부인하고 왜곡까지 한다. 연두 이파리 같은 후손들의 손에 풀 수 없도록 사실을 홀맺어서 쥐여 주는 저들의 손은 대체 어떤 손일까.

돌아보면 우리는 삶 속에서 크고 작은 갈등과 마주할 때가 많다. 한 치도 되지 않는 자존심 세우겠다고 손 내밀지 못하는 나의 왜소한 손이라니….

유대인 할머니의 구부러진 손에 포개진 독일 청년의 손. 지구를 오롯이 덮을 독일인의 온기가 여기까지 닿는 듯하다.

2015.06.

마루타

"이 끔찍한 짓을 우리가 했습니다."

여든아홉 살이 된 일본 노인의 말이다. 70년 동안 베일에 가려진 비밀의 문이 열리는 순간이다. 전쟁이라는 악마는 승자와 패자 모두에게 소나무 옹이 같은 상처를 수없이 남기는 것 같다.

신문지를 펴고 냉이를 다듬는데, 냉이 이파리 밑에서 꿈틀거리는 '끔찍한 짓'에 송곳 같은 시선이 꽂힌다. 냉이를 밀치고 단숨에 7단 기사를 훑었다. 모골이 송연하다. 사람을 속이고 하늘까지 속여도 자신의 양심만은 속일 수 없었던가 보다. 생의 끄트머리에서 진실을 토로하는 노인. 그의 가랑잎 같은 가슴은 오랜 세월 찔러댄 양심의 가시로 인해 선지피가 응어리졌으리라.

그의 이야기는 1945년 제2차 세계대전이 끝나갈 무렵의 일이다. 미군 B29 폭격기가 일본 규슈의 오이타 현 경계에서 여지없이 격추되었다. 그런데 탑승자 중 8명은 기적적으로 목숨을 부지했던 것. 이들에게 살았다는 기쁨은 잠시였고, 며칠간 연장된 그들의 생명은 죽음보다 참혹했단다.

일본군은 폭격 현장에서 이들을 구조하여 포로수용소가 아닌 규슈대학교 의과대학으로 끌고 갔다. 그리고 겨우 살아남은 그들은 안도의 숨을 돌리기도 전에 실험실의 차디찬 해부대 위에 짐승처럼 발가벗겨졌다고 한다.

히가시 도시오는 당시 19세로 규슈대 의대생이었다. 그는 스물세 명의 생체 해부 의료진에 한물의 고기치럼 끼이들었다. 절체절명의 전시(戰時)였고, 더구나 일본의 전세는 기울어가고 있던 때였다. 약이 오른 일본군의 명령에 의대 팀은 거역할 수 없었단다. 그들에게 '히포크라테스 선서' 같은 것은 한 장 휴지 조각이 되었던 것이다. 예나 지금이나 어느 집단이든 생쥐 같은 인간이 끼어있게 마련인 듯하다. 생체 해부를 집도한 교수 중에는 '외과의 개척자'가 되고 싶은 공명심을 가진 자가 있었단다.

이들의 행위는 사람의 탈을 쓰고는 할 수 없는 짓이었다. 포로들의 허파를 산 채로 절제하거나 적출하면서 그들이 서서히 죽어가는 맥박 수와 호흡수를 관찰, 기록했다고 한다. 파랗게 살아 신음하는 장병들의 눈을 내려다보며 기록에 열중했을 의료진의 냉혈. 풀려가는 장병들의 눈꺼풀 속엔 이슬 머금은 수국 같은 여자 친구의 얼굴이 담겼을지도 모른다. 의대 팀은 그런 눈을 들여다보며 팔딱이는 혈관에 바닷물을 주입하기도 했다. 염분의 농도가 인체와 비슷한 바닷물을 혈액 대체제로 만들기 위한 일종의 실험이었다. 섬나라 일본에서 넘쳐나는 바닷물. 격전장에서 턱없이 부족한 혈액을 바닷물로 채우려 했던 그들의 무모한 잔인성에 몸서리가 떨린다.

실험실 해부대 위에서 생을 마감한 초록 이파리들. 그들의 푸른 도사리는 어디에서 다시 영글까?

백발의 히가시 도시오는 그들의 행위가 한 마디로 "전쟁이 만든 광기(狂氣)"라고 고백한다. 당시의 의료진 23명 중에 그 실험을 주도한 교수는 나중에 옥중 자살했고, 나머지는 모두 사면되었다고 한다. 지금도 반성하지 않는 일본, 패망한 일본인에게서 온당한 전범 처리나 인권회복은 아예 기대할 수 없었다.

그나마 다행인 것은 일본에도 양심의 소리를 외면하지 않는 작가들이 있다는 것이다. 전후 일본 문학의 거장인 '엔도 슈사쿠'는『바다와 독약』에서 "여러분에게 묻고 싶다. 여러분도 역시 나처럼 한 꺼풀을 벗기면 타인의 죽음이나 고통에 대해 무감각한가? 약간의 나쁜 짓이라면 사회에서 벌 받지 않는 이상 별다른 가책이나 부끄러움을 느끼지 않으면서 오늘까지 살아왔는가?"라고 말하고 있다.

일본은 2015년에 의학 역사관을 개관했다. 이를 앞두고, 부정적인 역사의 등판을 그대로 밟고 넘어갈 수 없었다. 이를 통해서 끔찍한 역사를 공표해야 한다는 각계각층 양심의 소리를 수용코자 했다. 미군 포로 생체 해부 사건 상세 기록물도 전시했다고 한다.

미국이라는 거대한 나라도 국익 앞에선 적도 없고, 나라 위해 싸운 푸른 망자의 원한쯤은 무화해버렸다. 한국전쟁으로 인해 미국은 일본을 병참기지로 사용해야 했던 것. 그래서 일본의 만행에 대한 단죄는 완화되었고, 생체 해부를 집도한 팀에게 '사면'이라는 선물까지 안겨준 것이다. 때로는 나라와 나라 사이의 어이없는 계산 앞에서 민초들은 좌절할 수밖에 없는 것 같다. 어쩌면 지금까지 매듭짓지 못하는 위안부 문제나 강제 징용 노동자 문제도….

전승국인 미국의 포로들이 그렇게 허망하게 당했는데, 일본에 의해 강제 징집된 우리 젊은이들, 식민지의 포로로서 당한 고통은 어떠했을까?

히가시 도시오의 고백에 의하면 만주에서 일본의 세균전 부대인 731부대의 만행은 이루 헤아릴 수 없었다고 한다. 포로나 민간인을 사냥하듯 잡아다가 세균전을 위한 생체실험에 사용했다니.

그는 말한다. "전쟁은 평범한 인간을 광인(狂人)으로 만들어버린다."라고. 무청 같은 젊은이들이 모닥불 위의 마른 풀잎처럼 사그라지는 전쟁만큼은 지구상에서 없어져야겠다. 강대국에 둘러싸인 대한민국. 저들에게 침략의 잔칫상을 다시는 차려주지 말아야 할 일이다.

2016.03.

절규

∷ 마른 멸치를 다듬는다. 아이들이 하나같이 입을 쫙 벌리고 있다. 힘껏 벌린 입에서 그날의 비명이 들린다.

바짝 마른 머리를 떼어내고, 날씬한 몸을 반으로 쪼갠다. 까만 내장도 뺀다. 맨손으로 수백 마리의 까칠한 몸을 겁 없이 해부한다. 멸치의 마른 절규에 손끝이 전율한다. 멸치볶음은 다듬는 일이 번거롭기는 해도 잔멸치보다는 중간 멸치를 다듬어서 볶은 것이 더 쌈박하다. 몸피에 푸른빛이 도는 싱싱한 것이 맛이 더 있는 것은 물론이다.

멸치를 쟁반에 수북이 부었다. 마른 멸치의 모양이 언뜻 보기에는 모두 같은 것 같지만, 자세히 보면 그 모양이 모두 다르다. 사람의 얼굴이 다 다르듯이. 작은 입을 결기 있게 다문 것이 있는가 하면, 쫙 벌리고 아래턱이 구부러진 꼬리에 닿아 있기도 한다. 어떤 것은 동료 멸치의 꼬리를 물고 입을 꽉 다물었다. 가느다란 몸을 박태환 수영 신수처럼 쭉 펴고 있는가 하면 등을 활처럼 구부린 놈이 있고, 완전히 원을 만든 놈도 있다.

숨지기 직전에 이 멸치들에게 도대체 무슨 일이 있었던 것일까?

아가미가 튀어나올 정도로 작은 입을 크게 벌렸으니, 황당한 죽음 앞에서 억울함을 호소하려던 것이었을지 모른다. 또 하얀 눈알이 튀어나와 눈가에 매달린 것은 비명횡사로 혼절했기 때문일까? 그야말로 죽기 전의 아비규환이 선하다. 얼마나 무서웠으면 그렇게 놀란 표정일까?

4월 16일. 악몽의 1주기이다. 생각조차 싫은 일이다. 오늘 멸치의 놀란 표정이 작년 이맘때를 떠오르게 한다. 너울거리는 바닷물에 가라앉는 세월호 안의 마지막이 이러했을까. 아까운 아들딸들의 혼백이 바다를 뒤흔드는 아우성. 온 나라가, 온 세계가 요동을 쳤다. 아침에 제주도 수학여행 잘 다녀오라며 등 쓸어주던 자식을 몇 시간 후에 어처구니없이 잃은 부모의 심정을 무엇으로 표현할 수 있으랴.

누구도 일말의 책임 의식이 없는 우리 모두가 죄인들이다. 아직도 치료되지 않은 안전 불감증. 우리는 언제부터인지 냄비 속의 개구리가 되어 가고 있다. 모두가 감염되어 빠른 완치가 급선무인데, 치유가 요원하다는 사실이 더욱 무섭다.

멸치는 바다에 쳐진 촘촘한 그물을 예측이나 했을까. 아무것도 모르고 그저 수초 사이를 노닐었을 것이다. 단원고등학교 운동장에서 떼로 몰려다니며 우우, 와와 축구 하며 놀던 우리 아이들처럼. 푸른 멸치의 반짝이던 눈알은 온데간데없고 석회질 눈알만 남아 있다.

그 봄이 가고 여름이 가고 3년이 지났다. 그런데 다시 봄이 왔는데도 '나머지 아홉'의 혼백은 아직 찾지 못하고 있다. 어쩌란 말인가. 그 아이들을 찾아 물길이 구만리라도 헤치고 들어가고 싶은 마음뿐이다.

뭍으로 다시 나오지 못한다 해도 싸늘한 아이에게 치맛자락 덮어주며 함께하고 싶을 부모의 마음인 것을. 푸른 멸치떼처럼 싱싱하던 우리 아이들이 정수리까지 차오르는 차가운 바닷물 속에서 부르고 불렀을 '엄마! 아빠!' 세월이 멀어진다고 그 소리가 어찌 멀어질 수 있을까.

촘촘한 그물코에 아무 짬도 모르고 떼로 잡혔을 멸치. 파닥거리며 허둥대는 사이에 펄펄 끓는 물솥으로 밀려들어갈 때, '아악!' 외마디 소리는 철썩거리는 파도 소리가 채어가고. 혼절의 순간에 생명줄을 놓지 않았을까.

아래턱이 분리될 만큼 입을 벌리고 맥을 놓아버린 멸치가 흡사 뭉크의 「절규」 같기도 하다. 뭉크는 길을 걷다가 갑자기 하늘이 핏빛으로 변하는 순간, 피처럼 불타는 구름을 보고 전율을 느꼈다고 한다.

지금 내 손에 의해서 해부당하고 있는 멸치는 마지막 순간 무엇을 보고 누구를 불렀을까. 지난날 새파랗던 아이들의 외마디 소리는 뭉크의 그것과는 사뭇 다르지만, 멸치의 처절하게 벌린 입을 보며 생뚱맞은 생각에 닿는다.

누구나 한 번쯤은 막다른 골목에서 절벽과 마주할 때가 있다. 그때마다 절규는커녕 신음마저 내지 못하고 오장육부가 숯덩이가 될 때도 있다. 입을 꼭 다물고 파닥거리기를 멈춘 멸치처럼. 그럴 때 어떤 이는 성급하게 생의 모서리 끝으로 달려가기도 한다. 반면에 어떤 이는 위기를 새 삶의 기회로 바꾸기도 한다.

여기에서 생과 사의 전혀 다른 두 길로 나뉘게 되는 것 아닌가? 그런데 기울어진 세월호 속의 삼백여 명의 새파란 생명은 무책임한 선장으로 인해 그런 선택의 기회마저 옴시레기 빼앗겼다.

'절규'라는 단어 속에는 자유와 죽음이라는 뜻이 내포해 있는 것 같다. 거기에는 절심함과 간절함이 깊이 숨어 있다. 그러기에 목숨 걸고 절규하는 개인과 군중 앞에서 어떤 독재자도 무너지고 마는 것 아닌가.

역사 속에 고결한 선비와 의혈들이 그랬고, 5·18 광주 민주화운동이 그랬다. 절규하는 군중은 시대를 초월해서 많은 생명이 허공의 먼지처럼 사라졌다. 하지만 일부는 어떻게든 살아남아 그 서러운 역사의 증인이 되기도 한다. 그런데 세월호의 처절했던 절규는 그 증언 한마디마저 들을 수 없이 전멸이라니, 그저 안타깝기만 하다.

깡마른 멸치들은 촘촘한 그물 틈을 벗어나기 위해 작은 몸을 얼마나 파닥거렸을까? 추자도 근해의 수면이 요즘 붉게 타는 것은 결코 노을 탓만은 아닌 듯하다. 진도 팽목항에 짙게 번져있는 붉은 서러움은 세월이 흐른다 해도 사라지지 않고 혼령이 되어 그렇게 꿈틀거릴 것만 같다.

2016.05.

제3장

빨대 없는 사회

원서 한 번 쓸 때마다, '1차 서류 심사, 2차 필기 고사, 3차 인·적성 검사, 4차 최종 면접'이라는 관문이 기다리고 있었다. 1~3차까지 통과하고 4차에서 떨어질 경우도 허다했다. 탯줄처럼 좁은 취업 길에서 아이들은 숨 막혀 했다. 그때마다 '힘내라. 그 회사가 너 같은 인재를 놓친 거야.' 하며 밤새 다독이던 터널 같은 날들이 동태 알처럼 많았다.

– 빨대 없는 사회 중에서

졸 혼(卒婚)

:: 며칠 전, 조선일보 사회면에 실린 초로의 남녀 사진이 게재되었다. 아담한 주택의 삽짝문을 배경으로 걷고 있는 장면인데, 사진 아래에는 '일본의 졸혼(소츠콘) 부부'라는 설명을 달고 있다. 졸혼? 결혼을 졸업하다니. 결혼생활을 졸업한 사람들의 기사에 호기심이 갔다.

졸혼이란 부부가 서로에게 매이지 않고 싶을 때, '이혼'이라는 극단을 선택하지 않고 서로 자유롭게 사는 라이프 스타일이란다. 혼인관계는 유지하면서 서로의 삶은 간섭하지 않고, 각자 자유롭게 사는 생활방식, 어떻게 그게 가능할까?

졸혼의 유래는 2004년 일본의 스기야마 유키코 작가가 쓴 『졸혼을 권함』이라는 책에서 처음 언급되었다고 한다. 그것은 부부 사이에 불화로 인해 헤어지는 것이 아니며, 자녀를 키워오면서 누리지 못한 자신만의 시간을 가지는 것이란다. 그렇다고 결혼을 하자마자 졸혼으로 접어드는 것은 아니다. 보통은 결혼한 지 30~40년 이상 지난 중년 부부에게 사용되는 말이다. 둘 사이의 자녀들이 다 자라서 독립하고, 자신들이 좋아하는 것을 하면서 제2의 인생을 살아갈 수 있는 장점이 있다고 한다.

장미꽃 향기가 사진 밖까지 날아올 듯하다. 사진 속 장미넝쿨 끝에 오래전 광주 동구 장동 골목의 얌전한 기와집이 매달려 나온다. 책갈피 속에 재여둔 마른 풀잎 같은 기억이다.

고등학교 나니던 때였다. 학교길 골목 담장에 오월이면 장미가 넘실거렸고, 미로 같은 골목에 향기가 진을 쳤다. 어떤 날은 '소녀의 기도'가 장미넝쿨을 타고 담을 넘었다. 피아노 건반에서 쏟아져 나온 나비떼 같은 음표들. 그것들은 어느새 '나의 기도'가 되어 귀밑으로 화르르 날아들곤 했다. 그 기도 속에 자리했던 백마 탄 흑기사가 변색이라도 한 것일까? 지금 나는 왜 졸혼이라는 말에 호기심을 갖고 있을까? 나도 모르게 계산기를 두드리고 있는 것은 아닐까? 그럴지도 모른다.

사진에서 남자는 앞서고, 여자는 두어 걸음쯤 뒤서고 있다. 두 사람의 얼굴이 옹색하고 불편해 보인다. 남자의 행색은 후줄근하다. 여자는 그와 다르다. 짧은 커트 머리가 생기 있게 보인다. 갸름한 얼굴에 진갈색 선글라스를 썼다. 헐렁한 티셔츠에 청색 니트 재킷을 걸친 그녀는 퍽 여유롭다. 집을 나서는 시큰둥한 남편에게 무언가 열심히 말하고 있는 듯하다.

남자는 앞머리가 약간 벗겨진 갈색 곱슬머리이다. 그는 검정 가죽 재킷을 입었고, 작은 숄더백을 어깨에 메고 있다. 그의 덥수룩하고 좁장한 얼굴에선 홀아비 냄새가 솔솔 나는 듯하다. 그는 식어버린 어묵 국물 같은 여자의 말에 얼굴을 반쯤 돌리고 한 마디 쉬는 듯하다. 여자는 남자의 뒷모습을 보고 있지만, 남자는 마뜩잖은 듯 오른쪽 귀만 여자를 응시한다.

부부의 엇갈린 시선. 두 사람의 마음도 엇갈린 시선만큼이나 멀어 보인다. 초겨울 바람 같은 그들의 썰렁한 대화가 오스스 닿는 듯하다. '냅둬요. 웬 관심이야?' 남자가 불퉁한 태도로 내뱉음 직한 그 한 마디가 요즘 내 남편의 목소리인 양 귀에 꽂힌다. 우리 부부도 식은 보리밥처럼 찰기가 점점 떨어져간다.

그러고 보니 나는 근자에 남편과 눈을 마주 보며 이야기한 적이 얼마나 될까. 정년퇴직 후 줄곧 7년을 한집안에서 지냈다. 그러면서도 우린 서로에게 너무 소홀하게 살아온 것 같다. 남편은 식사 시간에 마주 앉아도 이야깃거리가 별로 없다. 매사에 탄력 잃은 고무줄 같은 나에게 기압이 빠졌다며 큰 눈을 부릅뜨기도 한다. 그때마다 나도 질세라, "같이 늙어 가는데 왜 나만 기압을 받느냐?" 하고 작은 눈을 칩떠보곤 한다. 어쩌다 하는 대화인데도 도무지 온기가 없다.

다른 중년 부부들은 어떻게 지낼까. 손주들이 아니면 종일 웃을 일이 없다. 무색, 무미, 무취의 부부. 사철나무 같던 감성이 무시래기처럼 말라버린 우리 부부다. 나이가 들어갈수록 한지를 통해 얼비치는 조도(照度)처럼 은은한 부부가 되어 갈 수는 없을까? 더 늦기 전에 내가 먼저 그렇게 변해보자고 자신을 채근하지만, 작심삼일이다. 쉽지 않다.

이 사진의 주인공은 일본의 어느 60대 중반의 부부라고 한다. 이들은 아들 셋을 낳아 잘 키워 결혼시켜 분가했다. 이제야말로 부부가 건강 챙기며, 부담 없이 오순도순 살아갈 때다. 우리 부부와 같은 또래다. 그런데 이들은 지금 각자 혼자 산다. 36년 결혼생활을 정리하고, 서로 다른 지붕 아래 살고 있단다. 썰렁한 침실에 홀로 잠들고, 홀로 깨어 아침 준비를 하는 두 사람. 그렇다고 완전히 이혼한 것은 아니다. 한 달에 한 번쯤 만나며 각자의 삶에 충실하다고 했다. 이 정도라면 데면데면한 친구 같지 않을까.

졸혼(卒婚). '님'이라는 글자에 점 하나를 더하여 '남'이 되는 이혼보다는 상처가 깊지 않다고 해야 할까? 싹둑 베어내는 이혼보다는 더 낫다고 본 것이다. 어차피 혼자 남을 마지막 그날을 위해 미리 적응해 보는 것이라고….

요즘 일본에서는 이런 중년 부부가 점점 늘고 있다고 한다. "인생의 후반부까지 부부라는 관계에 얽매어 평생 소망했던 일들을 이루지 못하는 것은 서로에게 안타까운 일이다." 소츠콘(卒婚)을 실행 중인 사진 속의 여자가 인터뷰한 대목이다. 그녀는 참 합리적이다. 우리와 문화의 차이일까? 우리라면 어쩐지 깃털처럼 홀가분한 마음은 아닐 것 같다.

우리 정서에서, 특히 6~70대의 남편들이 아내의 이런 제안에 흔쾌히 동의할 사람이 몇이나 될까? 그러나 이 문화도 머지않아 한반도를 향해 노도처럼 달려올 것 같다. 한 조각 기사에서 황혼 길목에 선 우리들의 풍경을 본다.

2016.12.

절령지연(絶纓之宴)

:: 요즘 전 세계 매스컴의 이목을 한몸에 받고 있는 여인이 있다. 동양 여인처럼 아담하지만 도량은 여느 장수 못지않다. 여장부다. 그녀의 가녀린 손끝으로 지구촌을 움직일 때가 곧 올 것 같다.

미국의 대선 후보인 힐러리 로댐 클린턴. 그녀는 백악관을 향해 누비 바늘땀 같은 발걸음을 놓고 있다. 이번엔 대통령의 부인이 아니라 자신이 대통령으로 입성하려 한다. 그 나라 국민은 아니지만 개인적으로 그녀를 지지한다. 그녀의 남다른 용서와 포용심 때문이다.

그녀의 남편 클린턴이 대통령으로 재직 시에 있었던 르윈스키와의 스캔들은 세계인의 가십거리였다. 그녀는 소문에 불과한 음모라고 일축했다. 하지만 소문은 사실로 밝혀졌고, 두 사람의 윤슬 같던 가정은 풍랑 앞에 섰다. 그녀의 해당화 꽃잎 같은 입술에 세계 여성의 뜨거운 눈빛이 돋보기의 초점처럼 모였다. 코스모스 꽃 같은 그녀는 그 초점에 갇혀서 타버릴 것 같았다.

마침내 그녀는 "우리 결혼에 대한 믿음을 잃지 않았다."라고 밝혔다. 그녀는 그때까지 명연설문의 문장에 수없이 찍었던 마침표를, 클린턴과의 사랑의 노정엔 찍지 않았다. 자서전에서도 "빌처럼 나를 웃게 하고 이해하는 사람은 이제껏 없었다."라며 남편에 대한 믿음을 재천명하고 있다.

가정은 물론 대통령인 클린턴이 탄핵에 이르도록 큰 위기였다. 그런 클린턴을 용서와 포용으로 사지(死地)에서 구출하고, 대통령직을 2기까지 무사히 마치도록 내조했다. 한 여인으로서, 한 남자의 아내로서, 엄마로서 뼈를 깎는 고통이 어찌 없었을까. 그러나 그녀는 우주보다 넓은 가슴으로 남편을 품었다. 그때부터 그녀에 대한 국민의 지지도는 천정부지로 뛰어올라 오늘에 이르렀다.

미국 국민은 가정을 침몰의 위기에서 깔축없이 건져낸 그녀에게, 미국이라는 큰 나라의 묵직한 곳간 열쇠꾸러미를 쥐여 주려 하고 있다. 요즘 유세 현장마다 그녀 옆은 우군의 수장, 홍안백발의 클린턴이 은은한 미소로 시종 지킨다. 천군만마보다 더 든든할 것 같다. 부부 대통령을 코앞에 둔 세기의 두 사람을 보며 "절령지연"이라는 고사성어 한 구절이 떠오른다.

"대왕마마, 누군가 무엄하게도 제 몸을 탐하는 자가 있사옵니다. 그 발칙한 자의 갓끈을 뜯어 쥐고 있습니다. 어서 불을 켜도록 하소서."

어둠 속에서 한 여인의 비명이 울려 퍼졌다. 춘추전국시대에 초나라 장왕의 일화 중에 나오는 한 대목이다.

그날, 장왕은 역심을 품은 투초의 반란을 평정한 뒤 공신들을 위로하기 위해 연회를 베풀었다. 왕 앞에서의 삼 줄 같던 긴장의 끈은, 술이 몇 순배 돌아가자 닳아진 속옷 고무줄처럼 늘어졌다. 그때 광풍이 불어 연회장을 촘촘히 밝힌 촛불이 펄럭, 일시에 꺼졌다.

예나 지금이나 남자들은 술이 거나해지면 천하가 제것인 양 호탕해지는 것 같다. 그 시절에도 신하 중엔 간이 배 밖으로 나온 사람이 있었던 것 같다. 한 신하가 어둠의 틈을 타서 왕의 총희(寵姬)의 가슴을 더듬었던 것이다.

무르익던 연회장에 날아든 여인의 비수 같은 비명에, 모든 신하들은 녹작지근하게 스며들던 술기운이 화들짝 깨었다. 어쩌면 동료 중 누군가의 피를 볼지도 모르는 상황인 것이다. 떠들썩하던 장내는 삽시간에 옆 사람의 심장 고동 소리와 함께 고요 속으로 빠졌을 것이고. 그때 장왕의 우레 같은 목소리가 깜깜한 연회장 안에 울려 퍼졌다.

"오늘은 과인과 함께 마음껏 즐기는 날이니, 갓끈일랑 모두 끊어버리시오! 그리고 갓을 벗으시오! 그렇지 않은 자는 나와 즐기지 않는 것으로 알겠소."

왕의 추상같은 명령에 신하들은 재바르게 갓끈을 끊고 갓을 벗었다.

촛불은 다시 켜졌고, 갓을 벗은 신하들의 불콰한 얼굴이 환하게 드러났다. 잔치의 분위기는 잠시 막혔던 물꼬가 트인 것처럼 시원스럽게 흘렀다. 당대의 춘추오패에 들었던 초장 왕의 도량을 알 만하지 않은가?

힐러리는 8년 전, 오바마와 처절한 대통령 후보 경선을 했고, 패자의 자리에 섰다. 오바마는 대통령에 당선 후 그녀를 국무장관으로 지

명하여 국정의 동반자로 삼았다. 오바마는 큰 그릇인 그녀를 알아본 것이다. 당당한 패자 힐러리는 깨끗하게 승복하고 나라와 국민을 위해서 오바마와 한마음이 된 것이다. 역시 여장부가 아니던가?

요즘은 오바마 부부가 또 그녀를 위해 팔을 걷어붙였다. 현직 대통령의 바쁜 일정을 쪼개서 힐러리 후보의 찬조 연설을 하고 있다. 참으로 멋진 사람들이다. 우리나라에서 그처럼 아름다운 정객들을 볼 수 있는 날은 언제쯤일까.

네가 있으므로 내가 있고, 내가 있으므로 네가 있어 경쟁과 미움이 아니라 용서와 포용으로 더불어 살아가는 가정, 사회, 나라, 세계가 되어가고 있다. 그런데 우리나라만 뒷걸음치고 있는 것 같다.

우리는 살아가며 타인의 실수를 용납하지 못하고, 벼랑 끝으로 몰아붙일 때가 있다. 내남없이 살얼음판 같은 관계 속을 걷는다. '모두 갓끈을 끊고 갓을 벗어버리는 연회'를 베풀 수 있는 도량을 갖는다면….

2016.08.

(이 글은 2016년, 미국 45대 대통령 선거전이 한창일 때 썼다. 결과는 힐러리 후보가 트럼프 후보에게 직접선거로는 승리했지만, 간접선거로 패배했다.)

비비새의 집

:: 민낯의 백골집이 옷소매를 붙잡는다.

500여 년 비바람에 오롯이 노출된 기둥과 기와가 잿빛이다. 무채색인 잿빛은 풀잎을 누이는 바람처럼 사람의 달뜬 마음을 조용히 뉘는 힘이 있다. 그 순연한 빛을 띤 기둥이 생면부지의 나에게 살포시 말을 걸어온다. 그 소리는 인목대비의 눈물처럼 촉촉하게 젖어드는 것이 있는가 하면, 광해군의 패악함으로 날 선 칼날처럼 섬뜩한 것도 있다.

덕수궁에 입궁하기 위해서 대한문을 들어서면 자그마한 하마비를 만나게 된다. 임금의 거처 입구에 당도하면, 말에서 내려 허리를 낮추던 인걸들의 모습이 이 돌비에 어린다. 그리고 금천교를 건너서 중화문을 들어서면 중화전과 몇 개의 전각 옆에 조신하게 앉아있는 석어당에 이른다.

석어당은 덕수궁 전각 중에 유일하게 중층으로 되어 있다. 단청을 하지 않은 민얼굴이다. 그 이유는 광해군 자신은 먼저 창덕궁으로 옮겨가 살면서, 쫓아낸(유폐시킨) 계모가 살고 있는 집이라서 내버려

두었다. 이후에 인목대비에게 옥새를 넘겨받은 인조는 즉위식도 그곳에서 했지만, 백성을 위한 겸허한 정치를 되새기려고 백골집으로 두었다고 한다.

석어당의 쪽 고른 기왓골이 정경부인의 앞가르마 같다. 소박함과 위엄이 버무려져 마음에 쉬이 닿는다. 지붕엔 잿빛 기와 외에는 아무런 장식이 없다. 1층 사면은 벽이 아니라 모두 은은한 창으로 되었다. 그것은 평범한 정자 살창과 띠 살창으로 되어 있어 궁의 화려함은 전혀 볼 수 없다. 흡사 청빈한 선비의 아내 같다. 그런 중에도 단순과 절제와 함축의 미학이 집 안 구석구석에 편린처럼 스며 있다.

석어당 마당가 살구나무는 밤새 이슬에 씻긴 꽃잎을 서설처럼 흩뿌리고 있다. 수명은 한계가 있지만 생명은 무한하다 했던가? 그 나무 밑을 오가던 자태 고운 궁인들은 유한한 수명을 이악스레 붙잡지 않았다. 그러나 살구나무는 그루터기에서 새 움으로 돋아 끈질기게 생명을 이어왔다. 석어당이 불타기 전부터 그 자리에 있었고, 불길에 휩싸일 때는 석어당의 비명도 들었을 것이다. 그리고 새로 지은 석어당에 그 참혹한 이야기를 전해주었을 것이다. 새 석어당은 그 이야기를 장정들의 팔뚝 같은 서까래 사이사이에 조용히 품고 있는 듯했다.

열아홉 살에 선조의 계비가 되어 그의 총애를 받던 인목왕후. 선조가 승하한 후에 광해군은 영창대군과 인목대비를 박해했다. 그녀는 의붓아들 광해군에 의해 석어당에 끝내 유폐되었다. 광해군이 휘두르는 대검 앞에서 그의 반대 세력들은 소슬바람에 날리는 한낱 가랑잎이었을 것이다. 피바람 속에서 영창대군 모자(母子)의 방패가 되어줄 자는 아무도 없었다.

잠시 머물다 갈 이 세상에서 구름 같은 권세와 부귀영화도 한낱 공(空)에 불과한 것을. 인륜도 천륜도 다 저버린 잔악무도한 광해였다.

좁고 가파른 계단으로 이어진 2층 방도 사면이 여닫이 중창으로 되어 있다. 그중에 중앙 쪽 창을 비긋이 열어보았다. 마당가 살구나무에 만발한 꽃 송아리가 궁녀들의 손에 들린 오색 등롱처럼 환하다. 인목대비가 바로 이 창틀을 붙들고, 강화도로 끌려가는 여덟 살 영창을 부르며 혼절했겠지. 그녀의 하수(河水) 같은 눈물이 배어 이 많은 창틀이 잿빛으로 삭고 있을지 모른다.

아무도 올 이 없는 강화 섬의 펄펄 끓는 골방에서 숯덩이로 변해 가던 여덟 살 홍안 소년. 그의 단말마는 산 넘고 물을 건넜을 것이고, 그의 어미가 엎드린 석어당 대청마루 위에 핏빛으로 깃들었을 것이다. 누마루 바닥에 귀를 대어본다. 곱게 늙은 마룻장에 그 서러움이 아직도 절절하다. 뜬눈으로 바장이던 인목 대비의 버선발 소리도 자분자분 환청으로 들린다.

그녀는 너무 울어서 소리조차 내지 못하고, 목 안에서 '비, 비' 단음만으로 목울음을 운다는 전설 속의 비비새가 되었을지도 모르겠다. 한 여인이 받은 참척의 고통에 박힌 증오의 옹이가, 풀 수 없는 억울함의 고로 홀맺어지고 목울대를 가로막았을 것이다.

사위어가던 인목대비는 인조반정으로, 심지 돋운 호롱의 불이파리처럼 푸른 불꽃으로 일어섰다. 그녀는 혈육의 피까지 무자비하게 뿌려대던 광해군을 석어당 앞에 무릎을 꿇렸다. 죄 없는 어린 영창을 산 채로 태워 죽인 죄목 등 서른여섯 가지 죄목을 들이대며 폭군 광해를 단죄하기에 이른다. 그리한다고 살아생전 대군의 해맑은 낯꽃을 다시 볼 수 있을까만, 비비새 같은 어미의 피맺힌 한을 어찌할까.

현재는 과거로 되짚어 흐를 수 없고, 과거는 현재로 흐를 수 없다. 팔작지붕의 추녀허리가 천연덕스러울 만큼 느긋하게 눈 부신 햇살을 받고 있다. 생사를 가르던 그날의 절박함도, 한 여인의 서릿발 치던 원한도, 도도한 한강 여울에 모두 쉬쓸려 보낸 듯하다.

석어당은 흡사 시골집 툇마루에 기대앉은 노모(老母) 같다. 기왓골을 타고 내리는 명지바람 속에 세월의 바늘땀을 한 땀씩 누비고 있다.

2016.05.

부 부

:: 고목 한 그루가 버팀목에 의지하여 기우뚱 걸어가고 있다. 바람 든 무처럼 퍼석한 부부다. 아파트 뒷길에서 한땀 한땀 수(繡)놓듯 이인삼각 걷기다. 늦가을인데도 두 사람의 이마에 구슬땀이 반짝인다.

힘겨운 걸음마는 비가 오나 눈이 오나 매일 한 차례씩 이어진다. 할머니 팔에 매달린 할아버지는 댓 걸음 띄고 '휴~.' 다리쉼을 한다. 흡사 물질하는 해녀의 숨비소리 같다.

딸들이 어렸을 적에, 전라남도 여수시 삼산면 거문도에서 생활할 때였다. 섬에선 아이들의 놀이터가 따로 없다. 넘실대는 파도와 바닷가 바위 섶이 놀이동산이다. 그래서 하교하면 아이들은 죄다 바다로 나가 수영을 하거나 바위 섶의 고둥을 줍곤 했다. 그때 바다 저 멀리서 휘파람 같은 맑은소리가 들렸다. 검푸른 물결 위에 떠 있는 하얀 뒤웅박이 해변으로 밀려오고 있었다. 그 청량한 소리는 뒤웅박을 품은 해녀가 내뿜는 날숨소리였다. 그녀는 머리끝부터 발끝까지 연결된 까만 고무 옷을 입고 있었다. 그 옷은 오장육부까지도 꽉 조일

듯이 해녀의 가녀린 몸에 찰싹 달라붙었다. 그것은 입는다기보다는 몸에 끼운다고 해야 할 것 같았다.

숨조차 쉴 수 없는 깊은 물 속에서 전복, 해삼, 소라를 따는 해녀들의 삶. 취미로 하는 스쿠버 다이빙이 아니다. 절박한 생활수단인 해녀의 물질. 가슴 먹먹하게 닿던 그 소리. 할아버지의 가파른 숨소리에서 조가비의 줄무늬 같던 그 숨비소리를 듣는다.

할머니는 숱 적은 머리에 파마를 했지만, 성긴 솔밭처럼 머릿속이 훤하다. 이마는 넓고 쌍꺼풀진 맑은 눈이 희순의 노인답지 않다. 콧대는 광교산 능선처럼 길게 내려와 인중에 닿았다. 꼭 다문 입술은 목단 꽃잎 두 장을 포개 문 듯 아직 곱다. 어디서든지 마주치면 늘 인자하게 웃어준다. 목단화 사이에 드러난 앞니가 옥수수 알처럼 촘촘하다.

며칠 전 비 오는 날 팥칼국수를 끓였다. 한 양푼 퍼 들고 위층으로 올라갔다. 할머니는 뜻밖의 방문에 마음을 활짝 열고, 창고 대방출하듯 가족의 이야기보따리를 거실 가득 풀어놓는다. 매듭 풀린 이야기 꼬투리들이 마주 앉은 마담커피 잔으로 녹아든다. 황포바다에 쏟아지는 눈송이처럼.

그녀는 뇌졸중으로 쓰러진 남편을 10년째 돌보고 있단다. 오히려 자식들의 보살핌을 받아야 할 연세에 자신과 남편을 추스르며 사는 것이다. 5남매 자녀들은 모두 결혼하여 가까이 산다고 한다. 뭐라도 받아갈 때는 서로 앞을 다투지만, 거동이 불편한 할아버지를 운동시키고 돌보는 일은 죄다 할머니 몫이란다. 자식 다 쓸데없단다.

부부란 인생의 반려자로 한평생 동행하는 길동무이다. 그 길목에서 아옹다옹 싸움도 많이 하는 사이…. 이들 부부를 보면서 우리 부부를 엇대어 가늠해볼 때가 많다. 내 남편은 자존심이 풀 먹인 삼베 잠방이처럼 늘 빳빳했다. 그런데 요즘엔 짱짱하던 목소리가 점점 잦아들고 있다. 기민하던 동작도 청처짐해진다. 침실의 열기는 새벽녘 구들장 방처럼 식어가지만, 서로에 대한 측은지심으로 노후의 삶이 순해지는 것이 부부인 것 같다.

할머니의 이야기로는 할아버지가 젊었을 때 자수성가하여 장만한 부동산이 많다고 한다. 자녀들이 모두 주변에 포진하여 사는 이유도 할아버지의 기름진 부동산 냄새 때문이라는 말도 한다. 자식들은 말로는 하나같이 아버지 어머니가 이룬 재산이니 두 분 뜻대로 처리하시라고 한단다. 그러다 할아버지가 뇌졸중으로 쓰러진 지 10년이 넘어도 재산분배를 하지 않으니 은근히 신경을 쓴단다.

모두 최고의 교육을 시켰고, 장성하여 자립하고 있지만 할아버지의 재산을 혹시라도 사회 환원할까 봐 눈치를 본다고 한다. 할머니는 중간에서 어름사니가 되어 위태로운 줄타기를 한단다. 끝이 잘 마무리되어야 자신들의 사후에도 자식들이 우애하며 살 텐데 걱정이란다.

그러고 보니 머리 아픈 재산 분배가 필요 없는 우리 부부의 깃털 같은 삶이 참 다행인 것 같다. '우리 부부가 사는 동안 그지 굶지 않고, 자식들에게 부담 주지 않을 정도면.' 하고 자위해 본다.

할아버지의 병수발에 지친 할머니가 흡사 늦가을 뒷산의 가랑잎 같다. 할아버지는 은사시나무 가지 같은 할머니의 팔을 붙잡고 걸으며 무슨 생각을 할까? 체구는 레슬링 선수였던 천규덕만 하다. 할머니가 오히려 할아버지 팔뚝에 끌려가는 것 같다. 자녀들은 거들기는커녕, 간병사를 불러 쓰라며 성화란다. 할아버지가 워낙 낯선 사람을 싫어하기도 하지만, 할머니는 그를 등짐 벗어버리듯이 남에게 선뜻 맡기지 못한다며 눈물을 글썽인다. 그 마음 알 것 같다.

그것이 바로 신(神)이 부부라는 인연에게 심어준 최후의 측은지심 아닐까 싶다. 평소엔 아옹다옹하지만, 어느 한쪽이 부자유하게 되면 일심(一心)이 되고 동체(同體)가 되어 마음과 몸이 함께 아픈가 보다. 일전에 김장을 마치고 허리 통증으로 꿈쩍을 못할 때다. 남편이 찜질팩을 데워주고, 싱크대 앞에 겅중 서서 설거지도 하고….

남편은 내가 아무리 아프다고 해도 예전엔 소 닭 보듯 하던 사람이다. 막내딸을 낳을 때였다. 출산일이 임박했는데도 섬 가운데 만삭의 나를 남겨두고 육지로 2박 3일 출장을 갈 정도였다. 산부인과는커녕 산파도 없는 거문도의 검푸른 파도 가운데서 난산으로 목숨을 담보 삼아 아이를 낳았다. 그런데 그가 이순을 넘기며 많이 변해간다. '저 모습이 얼마나 지속될까?' 하면서도 남편의 어설픈 배려가 가슴 찡하다. 내 마음도 이울어가는 것인가.

위층 할아버지의 인상은 호랑이상이다. 부리부리한 눈씨가 참 매워 보인다. 포효하던 젊은 날이 보이는 듯하다. 결곡한 성품마저 느껴진다. 혼자서는 온전히 걷지도 못하면서 할머니가 어쩌다 엇박자로 걸음이 꼬이기라도 하면 버럭 화를 낸단다. 어쩌면 내 남편과 그렇게 닮았을까.

오른쪽 반신을 못 쓰는 할아버지와 이인삼각 걷기로 아파트 주위를 운명처럼 도는 노부부. 할머니는 그런 중에도 돋을새김한 석굴암의 관음보살 같은 미소를 늘 입에 물고 있다. 두 개의 길고 짧은 그림자는 오늘도 우쭐우쭐 서로의 키를 재며 걷는다.

2016.12.

은파각시

∷ 동네 마트에서 사온 귤 한 상자. 소복하게 담긴 귤, 그 속에 편지 한 통이 들어 있다. '웬 편지?' 한아름마트 개업행사 뽑기라도 당첨됐을까?

'자연을 품은 은파귤'이라는 제목 아래 사인펜으로 쓴 납작한 글씨다. 당첨의 요행이나 바라던 얌체 같은 내 마음에 은비늘 같은 파장을 일으킨다. "흙, 햇빛, 바람이 만들어내는 것을 거스르지 않으렵니다. 긁힌 상처도, 벌레 먹은 자국도 모두 자연 그대로의 모습입니다." 이렇게 시작한 제주도 은파농장 안주인의 공손한 편지는 마른 갈대 같은 마음을 이슬비처럼 촉촉하게 적신다.

작년 수확기에 달갑잖은 가을비가 20여 일이나 지짐거릴 때, 하늘을 향해 손을 비비며 발을 동동 굴렀다는 은파각시. 하늘은 왜 귀를 막고 그녀의 신음 소리에 그토록 무심했을까? 파싹 타들어가는 촌부의 애간장을 눈앞에 보는 듯하다. 무딘 내 마음도 무채 썰다 베인 손끝처럼 아려온다.

편지에서 그녀는 농약과 화학비료 없이 키운 귤이기에 껍질째 먹어도 좋다고 했다. 그제야 귤 하나를 코에 대어본다. 상큼한 귤 향에 은파각시의 향까지 배어나는 듯하다. 아이는 부모의 등을 보고 자라듯이 은파각시의 손끝 발끝에서 자랐을 귤이다. 예쁘지는 않지만 건강한 귤. 그러고 보니 귤의 표면이 우둘투둘 얽었다. 어릴 적 동네 친구 순덕이의 천연두 앓은 얼굴 같다. 주근깨 같은 연갈색 딱지도 많다. 하지만 어찌나 탱탱한지 껍질만 살짝 눌러도 새콤달콤한 물이 분수처럼 솟을 것 같다.

대형마트의 진열대 위에서 눈부신 조명 아래 산더미를 이루던 귤들이 떠오른다. 피부 마사지에 향기 진한 화장으로 다듬은 도시 처녀처럼 쭉쭉빵빵한 귤. 거리에 나가면 황소 같은 눈에 태백산 능선 같은 콧대와 세모 턱을 가진 젊은 여인들의 얼굴이 모두 그녀가 그녀 같다. 미스와 미즈의 구별조차 어렵다. "그들은 모두 천연산이 아니다."라고 입을 삐죽이던 친구가 생각난다. 그 친구는 자녀 결혼 시킬 때는 건강진단서에 성형이 아닌 '민얼굴 증명서'를 꼭 첨부해야겠단다. 진열대 위에 쌓인 반드러운 귤들도 어쩐지 자연 그대로의 얼굴이 아닐 것 같다.

알 전구 아래서 멍석에 쌓인 귤을 이리저리 돌려보며 선별, 포장했을 은파각시. 재바른 그녀의 참나무 껍질 같은 손등이 편지 위로 얼핏 지나간다. 그녀의 손끝에서 똘망한 눈으로 마지막 인사를 하는 귤들의 머리를 밤새 쓰다듬었을 것 같다.

우리는 시장에서 채소 한 단 구매할 때도 이파리에 벌레 구멍이 없고 윤기가 자르르한 것만 고른다. 사실 그것들은 떡잎부터 살충제를 맘껏 먹고 자란 채소들이다.

농촌의 수많은 은파각시들은 자식 같은 농산물을 땀방울로 가꾼다. 쌀 한 톨, 귤 한 알에는 햇볕과 바람과 사운거리는 가랑비를 고대하며, 노심초사 잠 못 이룬 농부의 하얀 밤도 포개져 있다.

몇 년 전, 시골 전라도 여천에서 자그마한 산밭에 과수원을 가꿀 때의 일이다. 갖가지 묘목은 사올 때부터 실뿌리 하나라도 상하지 않도록 살살 다뤄야 했다. 마치 순천산부인과에서 갓 태어난 딸아이를 강보에 싸안고 나올 때처럼 소중하게 여겼다. 묘목 장터에서 포대에 가지런히 담긴 묘목 묶음에서는 신생아의 달콤한 살 냄새가 났고, 아기의 쌔근쌔근 잠자는 소리도 들렸다. 심을 때는 구덩이에 잔돌멩이 하나까지도 주워냈다. 그러고 나서 묘목을 털뿌리 한 올이라도 잘 펴서 구덩이에 안치고, 떡가루 같은 흙으로 덮고 다독여주었다.

그렇게 옮겨 심은 묘목들은 이듬해 봄이 되면, 젓가락만 한 가지 끝에 병아리 부리 같은 새순을 톡톡 내민다. 어린나무의 뿌리가 자궁 같은 산밭 흙에 착상을 잘했다는 신호다. 묘목은 드디어 우리 가족이 된 것이다. '그래, 너희들이 우리 밭에서 오래도록 건강하게 자라서 다산의 복을 누려다오.' 친정엄마 같은 마음을 담아 기원했다. 청매실, 살구, 감, 배, 모과, 밤나무 등이 그렇게 해서 비석골 밭의 한가족이 되어 오불고불 함께 살았다.

묘목을 심고 4~5년이 되면 첫 열매가 열린다. 꽃이 진 자리에 열매가 오종종 달리면, 토끼 같은 네 딸을 낳았을 때처럼 설레었다. 그래서 도사리 하나도 함부로 버릴 수 없었다. 아이는 예쁘고 사랑스러운 만큼, 손 마를 새 없이 돌봐주어야 한다. 시간 맞춰 젖 먹이고, 씻겨주고, 기저귀 갈아주고, 때맞춰 예방접종도 하고…. 과일나무도 그렇다. 수시로 거름 주고, 가지 쳐주고, 풀을 매주는 주인의 자장가 같은 발걸음 소리에 날마다 쑥쑥 자란다. 그렇게 과수와 함께 살다 보면 손등은 소나무 껍질을 닮아가고, 모지라진 손톱은 손톱깎이도 필요 없게 된다.

은파농장의 귤도 그런 정성에 비와 바람과 햇볕이 포개져서 또글또글 영글었을 것이다. 은파각시의 얼굴은 아마도 귤처럼 동그스름하지 않을까? 편지에 소복하게 담긴 그녀의 동그란 마음이 상자 안에 줄지어 곡진하게 엎드렸다. '그럼요, 당신의 그 마음 겨자씨만큼 알 것 같습니다.'

2016.06.

병아리 영아실

:: 어미 닭이 꼰지발을 딛고 상자 주변에서 안절부절못하고 있다. 온몸의 깃털을 곧추세웠다. 누가 옆에 얼씬하면 확 할퀼 기세다. 사흘 전에 둥우리에서 병아리 서른 마리를 몰고 의기양양 내려온 암탉이다. 그런데 병아리를 옹골지게 품지 못하고 혼자다. 어린 자녀를 모두 빼앗겼다.

며칠 전, 남편의 죽마고우(竹馬故友)가 사는 시골집에 갔다. 충북 진천, 포개지고 갈라지는 산자락에 앉은 소박한 전원주택이다. 옛말에 "생거(生居)진천, 사거(死居)용인"이라 했는데, 이곳에서 노후를 보내기엔 딱 안성맞춤이었다.

온종일 개울물 흐르는 소리가 가지런한 가락으로 돌돌 말린다. 물소리에 귀를 씻으면 머릿속까지 소쇄해진다. 물이 쪽빛 하늘을 닮아 시리도록 맑다. 병풍처럼 둘러친 산에는 홍송이 울창하다. 홍송의 날숨은 산 고랑을 타고 솔향이 되어 집 안까지 꽉 찬다. 그 향은 가늘고 은은하다. 세상의 소음은 들리지 않는다. 텃밭에는 온갖 채소가 가득하다. 즉석에서 따 먹을 수 있는 과일도 지천으로 널려있다.

퇴비로만 키운 것들이다. 아마도 에덴동산이 이랬을 것 같다.

남편의 친구는 소년 시절부터 제빵 분야에 투신하여 40여 년, 오로지 한길을 걸었다. 이제는 빵 만들던 달인의 손이 구릿빛 농부의 손으로 바뀌었다. 그 손끝에서 자란 것들은 채소와 과일뿐만이 아니다. 닭장에 가보니 붉은 수탉과 암탉도 가득 키우고 있다. 그런데 앙팡진 암탉 한 마리가 닭장 밖에서 서성이고 있다. 양 날개를 위협적으로 벌린 채 꽁지 깃털까지 곧추세웠다. 그리고 아버지 무명조끼에 달렸던 단추 같은 눈알을 빠르게 굴리며 연신 꼭꼭거린다. 무엇엔가 쫓기는 듯 두려움과 긴장이 눈알에 팽팽하다. 집주인은 둥우리에서 병아리 서른 마리와 함께 개선장군처럼 내려온 어미 닭이라고 한다. 그 많은 병아리는 다 어디 가고 혼자일까?

둥우리에서 내려오자마자 병아리는 따로 '영아실'에 격리했단다. 들고양이와 독수리 등의 침입이 많아서라고 했다. 그렇다. 서른 마리나 되는 병아리를 어미 닭 혼자서 지키기엔 역부족일 것이다. 수차례 변을 당한 뒤에 생각해낸 것이 병아리 영아실이란다.

영아실은 사람 허리만큼 높은 곳에 있다. 사방 서너 자쯤 되는 나무 상자에 장대로 다리 넷을 달아서 세운 방이다. 구멍이 숭숭 뚫린 덮개도 있다. 높지막한 상자 안에는 좁쌀과 물도 서너 종지 놓여있다. 병아리들은 개나리 꽃잎 같은 부리를 연신 물 종지에 찍으며 하늘을 쳐다본다. 마치 뒷산 능선에 얹힌 새털구름이라도 바라보는 것처럼.

저 어린 생명에게 하늘을 우러르며 물 마시는 법을 대체 누가 가르

쳐준 것일까. 우리는 지구상의 샘물이 다 제 것인 양 감사할 줄 모르고 평생 마시는데…. 어떤 아이는 좁쌀 종지에 아예 들어서서 쪼아댄다. 앙증스런 모이주머니가 볼록하다. 넉넉한 물과 모이로 배가 불러도 엄마 날개 속만은 못한지 얼굴들이 시무룩하다. 참새만 한 몸을 오시시 떨기도 한다.

오늘 물 마시는 병아리 부리 끝에 한 장면이 떠오른다. 첫딸 낳은 때의 일이다. 간호사가 열 시간의 산통으로 기진맥진한 나에게 머리에서 김이 나는 아이를 안겨주었다. 그러더니 양수와 피를 닦아주며 곧바로 젖을 물리란다. 태어나서 처음 모녀간의 스킨십이 시작된 것이다. 아이는 눈도 뜨지 못한 채 제비부리 같은 입을 벌려 내 가슴을 더듬었다. 용케 찾은 젖을 힘껏 빨던 아이. 방금 탯줄 자른 아이는 채송화 꽃잎만 한 혀로 젖꼭지를 감싸고 세차게 빨아댔다. 대체 그 힘은 어디서 나오는지. 또 혀로 꼭지를 싸서 빨아먹는 방법을 누구에게 배웠을까.

어미 닭이 영아실 아래에서 사흘째 맴돈다고 했다. '병아리를 돌려달라.' 하며 식음도 전폐하고, 처절한 모성애다. 알에서 갓 나온 병아리들을 보름쯤 어미와 떼어서 돌봐주고, 퐁퐁 날 수 있을 때 어미 닭과 함께 닭장에 들여보낸다고 한다. 그러면 안전하게 자란다는 것이다. 주인의 깊은 뜻을 모르는 어미 닭은 그 보름을 참지 못하고 애가 타고 있는 중이다.

어미 닭은 보통 둥우리에서 알을 품는 21일 동안 밖으로 나오지 않는다. 알이 노출되어 잠시라도 식을까 봐 둥우리를 비우지 못하는 것이다. 어릴 때 기억으로는 어머니가 그런 어미 닭을 위해서 둥우리 앞에 쌀과 물 종지를 놓아주곤 했다. 그러나 어미 닭은 그 맛 난 먹을거리를 멀뚱히 바라볼 뿐 부리를 대지 않았다. 날개 안에 가득 품은 알만 부지런히 굴렸다. 그 소리는 한밤중에도 함지에 바지락 씻는 소리처럼 아스라하게 들렸다. 그렇게 3~7일이 지나면, 병아리는 줄탁동시, 어미가 쪼아준 작은 구멍을 깨고 젖은 몸으로 다 나왔다. 그 구멍을 어떻게 찾는지.

여자는 자궁 안에 생명을 잉태하는 순간 '엄마'가 된다. 그리고 엄마는 그때부터 38주 동안 자나 깨나 태아를 생각한다. 걷는 것을 비롯해서 보고 듣는 것을 조심한다. 먹는 것이나 그릇에 흠집이 있는 것도 피한다. 그뿐 아니다. 생각도 좋은 생각만 하고, 잠잘 때 꿈까지도 좋은 꿈을 꾸려고 애쓴다. 이렇듯 어미 닭도 둥우리에서 알을 품을 때 온 힘의 정성을 쏟는 것 아닐까? 놀라운 모성. 자연의 섭리. 그것은 우매한 나를 늘 새롭게 일깨워준다.

병아리 영아실까지 지어가며 하찮은 생명을 다독이는 농부의 웅숭깊은 마음. 그 마음도 지극한 모성에 버금갈 듯하다.

2018.09.

빨대 없는 사회

“이번에도 안 됐어.”

“나도야. 엄마 아빠 등골 그만 빼먹어야 할 텐데.”

훤칠한 두 청년의 대화가 송곳처럼 파고든다. 두 귀가 쫑긋 선다.

지난 연말이다. 한 해의 마지막 날이다. 싱숭생숭한 마음으로 집 안을 바장이다가 공원 산책에 나섰다. 걷는 일은 두 다리에게 맡기고, 머릿속으로는 한 해 동안에 나와 우리 가정을 스쳐간 크고 작은 일들을 되작거렸다. 생각만 해도 입가에 미소가 떠오르는 것은 역시 두 손자 손녀의 재롱이다.

정신 건강을 위해서 즐겁고 감사했던 일만을 되짚었다. 아닌 것은 엎어가며 걷고 있는데, 옆을 지나는 청년의 말 한 마디가 귓전에 달라붙는다. 이번에도 안 됐다는 청년의 말은 취업시험에 낙방했다는 말일 것이다. ‘이번에도’라는 말 속에는 수십 번 수백 번의 숫자가 깃들어 있을지도 모른다. 이번에 잘 됐으면 새해인 내일 아침 일출이 더없이 찬란했을 텐데. 청년들의 한숨과 고뇌가 내 것인 양 마음 저리게 다가온다.

우리 딸들도 취업 원서를 백여 번 썼다. 백 장이 넘는 원서를 냈다 하면, 직접 겪어보지 않은 사람은 이해가 되지 않을 것이다. 딸들의 손가락 마디에 굳은살이 박이도록 취업의 문을 두드리는 것을 옆에서 지켜보았기에 그 청년의 한 마디가 남의 일 같지 않다.

원서 한 번 쓸 때마다, '1차 서류 심사, 2차 필기 고사, 3차 인·적성 검사, 4차 최종 면접'이라는 관문이 기다리고 있었다. 1~3차까지 통과하고 4차에서 떨어질 경우도 허다했다. 탯줄처럼 좁은 취업 길에서 아이들은 숨 막혀 했다. 그때마다 '힘내라. 그 회사가 너 같은 인재를 놓친 거야.' 하며 밤새 다독이던 터널 같은 날들이 동태 알처럼 많았다.

그런 시간들은 아이들이 지금 직장생활을 하는 데 약이 되었을 것 같다. 바늘귀 같은 관문을 통과한 직장이지만 그곳에는 또 다른 경쟁사회가 기다리고 있다. 햇병아리 신입사원들이 넘어야 하는 시험대가 떡 버티고 있는 것이다. 직장의 일보다는 상사와 동료와의 인간관계가 더 어려울 때도 있을 것이다. 그러나 바늘귀를 뚫은 그 기적이 더욱 값지다. 일단 취업을 하면 어머니들의 다독임을 생각하며 서먹한 직장에서 온 힘을 다하여 태아처럼 착상할 것이다.

내 옆을 걷고 있는 두 청년은 학업을 마치고 군대도 제대했음 직하다. 그리고 지금은 취업이라는 절벽과 고투하고 있을 모습이 환하다. 부모님께 얼마나 죄송했으면 등골 그만 빼먹어야겠다며 한탄하는 것일까. 안쓰럽다.

예전에는 부모들이 소 팔고 논밭 팔아 대학교 졸업시켜 놓으면 그래도 제 앞가림은 했다. 적어도 부모의 굽은 등에 빨대는 꽂지 않았다. 그럭저럭 결혼도 하고 살림도 오불고불 꾸려갈 수 있었다. 빈약하지만 가계부(家計簿)의 독립이 이루어졌다.

요즘은 석, 박사를 하고도 실업자가 많으니. 등나무 둥치 같은 부모의 등은 휘어지고 뒤틀어진다. 팔아 줄 자갈논도, 자드락밭도 없는 도회지의 부모들은 맞벌이로 밤낮없이 뛴다. 부모의 긱다분한 삶이 늦도록 이어지면서 허리가 더욱 휘청거린다.

혹자는 취업의 눈높이를 낮추라고들 한다. 그러나 취업의 눈높이 이전에 회사들이 신입사원 선택의 잣대를 바꿔야 하지 않을까? 해마다 높아지는 합격선을 넘기 위해서 옥상가옥(屋上架屋) 같은 고학력과 다양한 스펙 쌓기에 우리 젊은이들은 마냥 질식 상태에 있다.

이런 우리나라의 현상에 비해 선진국에선 어떤가. 그들은 고등학교 때 벌써 알찬 인생을 설계한다. 학문의 길로 올인할 사람만 대학에 가고, 다른 이들은 적성에 맞는 일자리를 찾아 독립한다. 혹여 대학을 가더라도 자신이 벌어서 학업을 마친다고 한다. 그리고 학비를 벌기 위해서 졸업을 좀 늦게 할지언정 부모에게 기대지 않는단다.

우리도 이제 여유를 갖고 교육제도를 개선해야 할 때가 된 것 같다. 그리고 고졸과 대졸자의 임금 격차를 줄여주는 사회적 분위기를 만드는 것도 좋은 개선책이 될 듯하다.

우리나라 선거 때만 되면 너나없이 들고 나오는 식상한 메뉴가 있다. '청년 일자리 창출'이라는 솜사탕이다. 그들은 이번 총선에도 어김없이 그 솜사탕을 첫머리에 수북이 올려놓고 청년들 앞에 엉너리를 펴고 있다.

많은 취업 준비생들은 이들의 뜬구름 같은 공약일지라도 믿고 싶은 심정일 것이다. 우리의 훤칠한 아이들이 올해에는 모두 취업이 되어 빨대를 다 청산했으면 좋겠다

2016.03.

가 보(家寶)

:: 김용택 시인의 『한시 산책』을 읽는다. 평소에 어렵게만 여겼던 한시에 해설을 붙여 놓으니 읽는 맛이 사뭇 쫄깃하다. 청보리밭 같은 한시의 행간에서 친정아버지의 글 읽는 소리가 명주실처럼 이어진다.

어린 시절 함평 고향집 초가에서 듣던 그 운율은 이순(耳順)이 지난 지금도 잊을 수가 없다. 그것은 아버지가 손녀 같은 막둥이인 내게 들려주시던 유일한 자장가였다. 아버지는 오랜 세월 한학을 공부했고, 서당 훈장님이었다. 농한기엔 인근 대여섯 동네의 걱실걱실한 청년들로 조붓한 사랑방이 꽉 차곤 했다. 오전, 오후반이 있을 정도로.

그 무렵 아버지는 새벽이면 호롱불도 켜지 않은 채 면벽을 하고 『명심보감』과 『사서삼경』, 『한시』 등을 외우시곤 했다. 돌아가시기 한 달 전 몸져누울 때까지 새벽 글 암송은 거의 매일 이어졌다. 평생 배운 한학을 변화무쌍한 세상에서 마음껏 펼쳐보지도 못하고 그렇게 혼자 간수했다. '그때 간장 종지만큼이라도 아버지께 배워서 내 안에 채워둘 걸.' 하는 아쉬움이 많다.

아홉 살쯤 되었을 때다. 어머니의 강권으로 밤이면 졸리운 눈꺼풀을 치올리며 『천자문』과 『사자소학』을 들고 서당 문턱을 넘나들었다. 참빗으로 빗은 듯한 초가지붕 처마 끝에 울려 퍼지는 서당꾼들의 글 읽는 소리. 그것은 흡사 비단조개 껍질을 소쿠리에 가득 담아 한꺼번에 비빌 때 나는 소리였다.

그런데 아버지는 매일 공부 시작할 때, 전날 배운 것을 한 사람씩 외워보게 했다. 외우지 못하고 더듬거리는 오빠들은 종아리 걷어 목침 위에 세우고, 회초리로 당조짐했다. 평소에 인자하던 아버지의 눈빛이 그 순간엔 매의 눈 같았다. 막내딸인 나도 예외가 아니었다. 포플린 꽃무늬 치마를 여지없이 걷어야 했다. 그때 서당 동문 중에는 선식이라는 오빠가 있었다. 그는 내가 종아리 맞을 때면 머리를 모로 돌리고 오달지게 해죽거렸다. '그래, 넌 얼마나 잘 외나 보자.' 하며 알밤 한 대 쥐어박고 싶은 맘을 어금니로 꾹 눌렀다. 그의 순번이 되었을 때 그 또한 목침 위에 올라섰다. 회초리 매수는 나보다 훨씬 많아서 종아리가 벌게지도록 찍소리 못하고 맞았다. 반분이 풀리는 듯했다.

아픈 것은 고사하고 동네 오빠들 앞에서 치마를 올리고 동치미 무 같은 종아리 내놓는 일이 창피해서 석 달 만에 서당을 자퇴했다. 홍일점인 훈장님 막내딸의 인기는 서당 방에 자글자글 끓었다. 발길을 끊자 놀리던 오빠들이 앞마당을 기웃거리기도 했다.

아버지는 새벽 어둠 속에서 장문의 글을 외우며 무슨 생각을 하셨을까? 성현들의 무궁무진한 진리의 바다에서 유유자적하던 아버지.

그때 아버지의 안빈낙도(安貧樂道)의 풍요를 이제야 조금 알 듯하다.

"平生一欺라도~ 其罪如山이니라~(한평생에 부모님을 단 한 번 속인다 해도 그 죄는 태산과 같으니라.)." 그때는 뜻도 모르는 운율에 새벽잠 속으로 아슴아슴 빠져들었다. 그 맛은 가마솥에 고아낸 조청처럼 다디달고 진득했다. 풀발 선 무명이불 속에 언 몸을 디밀고 뭉근하게 데워신 구들장에 등을 납작 붙이면, 눈꺼풀은 어느새 딸각 소리를 내며 닫혔다. 그러나 소라 껍데기 같은 두 귀는 열린 채, 아버지의 벽계수 같은 글 읽는 소리를 찰랑찰랑 담았다. 그 운율은 여름엔 남쪽 바다 물너울이 되어 솨솨 밀려들었고, 겨울에는 함박눈 소복이 쌓이는 소리에 포개지기도 했다. 그 속에 자리 잡지 못하고 튕겨나간 쥐눈이콩 같은 글자는 쌓인 눈 속에 묻히기도 하고, 가을 빗줄기에 주르르 쓸려가기도 했다. 한시를 외우실 때 아버지의 목소리는 호수 위에 흔들리는 달빛이었다.

오늘 밤도 그날처럼 가을비가 추적추적 내린다. 장롱 깊숙이 넣어 둔 테이프를 꺼내어 낡은 카세트에 습관처럼 꽂는다. 마음이 신산할 때면 얄따란 테이프 속으로 서른두 해 전에 떠나신 아버지를 찾아 나선다. 아버지의 육신은 진토가 되었지만 음성은 지금도 곁에 있다.

"네 다리 소나무 밥상에 죽 한 그릇/ 하늘의 구름이 비쳐 그 속에 떠도네/ 주인이여 미안하다고 말하지 마오/ 물에 비치는 청산이 나는 좋으니"

김삿갓의 「죽 한 그릇에 비친 구름」이라는 한시다. 김삿갓이 어느 날 친구를 찾아갔는데, 가난한 친구는 멀건 죽 한 그릇 대접하며 심히 미안해했단다. 그런데 멀건 죽에 비친 청산이 더 좋다며 친구를 위로하는 방랑 시인의 여유로움이라니…. 미농지 같은 테이프 어디에 아버지의 음성이 그리도 촘촘히 박혀 있을까?

아버지 돌아가시고 사십구제 다음날이었다. 장 조카가 쥐여 준 자그마한 선물은 내 인생에 가장 소중한 가보(家寶)가 되었다. 장 조카는 언제 녹취를 했는지, 아버지의 체취가 오롯이 담긴 테이프를 곱게 싸서 내게 건네주었다.

"막내 고모, 할아버지 생전의 음성이에요."

평소에도 진중한 조카였지만, 역시 장손은 믿음직하다.

테이프 속에서 흘러나오는 아버지의 음성이 묵직한 베이스로 양탄자처럼 깔린다. 가을밤의 스산함이 그 위에 스민다. '낙심하지 말고 부지런히 씨앗을 심고 물을 주어라.' 하며 조곤조곤 이르시는 듯하다.

에게 해보다 깊고 푸른 문학의 바다에 늦깎이로 뛰어든 무모함을 후회도 많이 했다. 그러면서 그 언저리를 십이 년째 맴돌고 있다. 마음을 다잡고 자갈밭 같은 자판 위에서 밤이 맞도록 글눈을 쪼아본다. 쭉정이만 수북하다. 이럴 때면 카세트에 그 테이프를 꽂는다.

2016.03.

자옥 언니

∷ 자옥 언니 얼굴에 검버섯 꽃이 곱게 피었다. 며칠 전에 쒀서 띄운 메주꽃처럼 보송하다. 그녀의 시린 속이 시집간 지 60년 동안 발효되어 핀 꽃이다.

오래전, 초가집 마당 초례청에서 혼례를 치르던 자옥 언니. 풀각시처럼 아리잠직하던 쪽진 머리와 팽팽하게 긴장한 앞가르마는 수십 년이 지난 지금도 선하다.

메주를 쑤려고 오산 오색시장에서 메주콩을 구매했다. 영월에서 농사지은 것이라 한다. 소반다듬이할 것도 없이 낱알이 쪽 고르다. 콩 한 말을 다라니 물에 쏟는다. 영월 청령포의 바람을 먹고 자라서일까? 차르르 콩 쏟아지는 소리에서 얼핏 단종의 숨결이 집히는 듯하다.

콩은 탱탱하게 불어서 윤기가 난다. 자옥 언니 시집가던 날, 족두리(화관)에 살랑이던 칠보(七寶) 같다. 원삼 족두리 단장한 그녀는 키까지 낭창해서 옷태도 곱고, 몸가짐에 뱀뱀이가 풍긴다며 온 동네 사람이 감탄했다.

스무 살 자옥 언니처럼 싱싱하던 콩, 청령포의 푸른 바람으로 볼록한 몸을 마당가에 자리한 무쇠솥에 안친다. 콩은 장작불로 한증막이 되어버린 무쇠솥에서 단단하던 근육이 풀어진다. 살짝 눌러도 으스러질 만큼.

어릴 적에 메주 쑤는 날은 동네 친구들도 포식했다. 삶은 콩을 절구통에 찧다가 한 줌씩 불끈 쥐어 주던 어머니의 '메주콩떡' 맛이라니. 요즘 아이들이 알까? 고소한 트랜스 지방에 입맛이 절은 아이들은 아마 뱉어낼 것 같다.

푹 물러진 뜨거운 콩은 절구통 대신 마대자루에 담긴 채, 등산 마니아로 단련된 남편의 발끝에서 쪼가리 하나 없이 으깨진다. 칠보 같은 고운 자태는 간 곳 없다. 변신이다. 콩이 생전에 듣도 보도 못한 메주라는 이름으로.

'도마에 뭉텅 올려놓고 나를 왜 이리 패는 겨 시방?'

나무 주걱으로 오른 뺨, 왼 뺨을 쳐대는 나에게 으깨진 콩떡이 눈을 부릅뜬다. 싹싹 빌기도 한다. 그래도 소용없다.

'미안하지만 요로코롬 빚은 너는 잘 썩어야 헌당께.' 영락없이 남편의 머리를 닮은 메주다. 이때다 싶어 주걱으로 뺨을 한 대씩 더 때려준다.

따뜻한 방 한쪽에 그 옛날에 올케 언니 삼신 방처럼 짚을 두둑이 깔았다. 번듯한 메주를 줄잡아 눕힌다. 드디어 안식에 든 것이니. 흡사 힘든 시집살이에 지친 자옥 언니 같다. 아침저녁 뒤집어주며 보름쯤 지났다. 메주엔 여든 살 자옥 언니 얼굴의 주름 같은 금이 생기며 메주꽃이 만발했다. 원삼 족두리 화사하던 그녀의 얼굴에 세월 따라 곱게 핀 검버섯 꽃처럼.

혼례식을 올리고 신랑 따라 시댁으로 간 그녀. 콩 타작마당에서 자갈밭으로 잘못 튕겨나간 콩처럼, 험한 세월을 메주 속처럼 띄우며 살았단다. 그녀의 신랑은 사흘 만에 언니를 시댁에 남겨두고 시퍼런 물 속, 제주도로 날아가버렸다.

콩이 척박한 땅에서도 잘 자라는 것은 뿌리혹박테리아의 보이지 않는 도움인 것을. 여자에게 남편은 그런 존재가 아닐까? 특히나 익숙하지 않은 시댁 생활은 더욱 그렇다. 척박한 시댁이라는 땅에 뿌리 내리고, 낯선 식구들과 동화되기 위해선 뿌리혹박테리아 같은 남편의 도움이 절실히 필요하다.

제주에서 학창시절을 보낸 그녀의 남편에게는 이미 죽고 못 사는 여자 친구가 있었단다. 그런데 섬 처녀가 싫다는 부모의 성화 때문에 이뤄진 혼사였다니. 그 상황에서 그들은 하필이면 자옥 언니에게 어쩌자고 결혼이라는 굴레로 홀맺어 버렸을까. 한 청년의 철부지 같은 짓으로 죄 없는 한 여자의 일생이 벗어날 수 없는 터널이 될 줄을 누가 알았을까.

살얼음 같은 시댁에 남겨진 그녀. 시어머니보다 청상과부인 큰동서의 시집살이가 더 힘들었단다. 가시밭 같은 그 속에서 실뿌리인들 어찌 내렸을까.

쪽대문을 향해 귀를 열어둔 지도 3년을 넘었을 때. 스물세 살 새댁 자옥 언니는 이판사판 용기를 내어 서귀포행 여객선에 몸을 실었다.

열 시간이 넘는 뱃길에 배 멀미로 물먹은 솜처럼 축 늘어졌다. 겨우 정신을 차렸을 때 그녀 앞에 나타난 시베리아 바람 같은 남편. 그의 첫 마디는 "왜 왔느냐. 곧바로 돌아가라."라는 말이었다. 그녀는 삶은 콩이 으깨지듯 몸과 마음을 부두에 털퍼덕 부려버렸다.

그 길로 시댁으로 돌아가 메주처럼 무심히 속을 띄웠을 그녀. 요즘 여자들 같으면 시댁이 아니라 곧바로 법원으로 향했을 것이다. 그러나 꿈쩍하지 않은 언니. 이혼으로 친정에 누가 되지 않겠다며….

선연한 노을빛에 온 동네가 꽃밭 같던 어느 날, 무슨 바람이 불었을까. 10년 만에 민들레 꽃씨처럼 날아온 민낯의 그 남자. 깃털 같은 씨앗 하나 뿌려놓고, 또 훌쩍 가버렸단다.

극한 진통으로 이어지는 초산을 혼자 겪었다니. 고목에 돋은 새움 같은 아들 하나. 자라가며 아빠를 찾는 아이를 품에 재울 때, 가슴에는 검은 곰팡이가 먹구름처럼 피었을 것이다. 슬픔도 시간 속에서 풍화되는 것이라 했던가. 자옥 언니는 눈물조차도 호사인 듯, 아꼈던 것 같다. 평생을 남 앞에서 눈물을 보이지 않았다.

삶이 힘든 사람에겐 세월이 더디 흐른다지만, 그녀의 탐스럽던 머리채는 솎아낸 상추밭처럼 성근 번뇌초가 되었다. 풀각시 같던 얼굴에는 메주꽃 같은 검버섯만이 곱게 피었다. 애면글면 60년 동안 발효된 메주 같은 자옥 언니. 이제 아늑한 항아리 속에 폭 익은 된장이 되었나. 시긋한 아들의 골 깊은 이마 주름을 비껴보며, 훤칠하게 자란 손자 손녀 앞에서 소박한 팔순 상을 받는다.

사필귀정(事必歸正)인가. 자옥 언니를 버린 그녀의 남편은 인생 황혼에, 삼 남매나 낳은 제주 여자로부터 쫓겨나 떠돌이가 되었다고 한다. 이 또한 자옥 언니의 가슴속에 피어난 시리디 시린 서리꽃이 되었다.

2018.02.

칠산회(七山會)

:: 산을 좋아하다 만난 사람들. 한 덩어리 산 능선이 되어버린 지도 25년이다.

봄비가 텃밭의 상춧잎을 간질이던 며칠 전이다. 남편의 지난날 직장 상사와 동료 일곱 분이 새로 지은 집에 자리했다. 이들은 40여 년 가까이 행정공무원으로 일하다가 모두 정년퇴직했다. 객지에서 만난 사람들인데, 모임을 25년 동안 어떻게 지속할 수 있었을까?

회원 모두가 서로 배려하는 마음이 어우러져 여기까지 온 듯하다. 회장님의 인심은 남다르다고 한다. 회원들이 함께 길을 갈 때면, 노점상 앞을 그냥 지나가지 못한단다. 필요한 것이 아닌데도 구릿빛으로 그을린 노점 상인이 불쌍해서, 이것저것 한 보따리씩 사서 회원들에게 안겨준다고 한다. 집에 가져가면 허접한 것을 또 사왔다고, 사모님에게 혼나기도 하면서…. 부부동반으로 모일 때도 많다. 덕분에 아내들끼리도 오랜 지기가 되었다. 노년에 안팎으로 좋은 길동무가 되었다.

가족 간이나 오래 묵은 친구일수록 에티켓은 필요하다. 이들은 무엇보다 각자의 모든 이야기에 귀 기울여주는 모습이 남다르다. 잘 익은 벼 논에 피처럼 꼿꼿하게 자기주장만 하는 사람이 어느 모임에서나 한둘은 있게 마련이다. 그런데 '山'의 가슴을 가진 이 회원들은 그렇지 않은 것 같다. 자신과 생각이 다르더라도 '그럴 수 있겠다.'라며 의견을 모아준다. 이런 긍정적인 자세가 인간관계를 매끄럽게 만들어주는 것 같다. 그래서 김홍신 작가는 "명창의 소리에 귀 기울여 들어주는 귀 명창이 없다면 소리 명창의 존재 가치는 빛나지 않을 것이다."라고 했을까?

밖에는 4월의 보슬비가 내린다. 산동네가 고즈넉하다. 일곱 산들의 재직시절 무용담과 어린 시절 이야기로 좁다란 거실이 왁자하다. 칠순을 바라보면서도 고향 이야기가 나오면 어린아이 같다. 그러다가도 남북회담, 북미회담 쪽으로 방향을 틀면, 금방 우국지사가 된다.

이들은 현직에 있을 때 이런 생각을 했다고 한다. 공무원이라는 직업은 노동보다 봉급이 솔직히 많다며 국가와 국민에게 감사했다고…. 그런 마음으로 민원인을 대하고 공무를 집행했을 그들의 자세가 어떠했을지 안 봐도 선하다. 얼마 전 이 산들은 언짢은 뉴스에 무척 씁쓸했단다. 길병원에 국책 사업을 딸 수 있게 도움을 주고, 거액의 복지카드를 받아 흥청망청 썼다는 보건복지부 모 국장 사건이다. 전·현직 공무원에게 시사하는 바가 큰 것 같다.

지금은 공무원에 대한 처우가 많이 개선되어 대기업의 70% 정도라고 한다. 하지만 7~80년대에만 해도 최저생계비에 불과했다. 1978년 4월, 결혼하고 처음 받아든 남편의 노랑 봉투 명세서엔 이것저것

제하고 수령액이 85,948원이었다. 당시 이 봉급을 가지고 부모님 모시고, 형제들을 돌봐야 했다.

대가족의 생명줄이었던 실낱같은 봉급 봉투. 빈약한 알은 다달이 다 까먹었지만, 껍데기도 버리지 못하고 모아두었다. 상자에 가득하다. 가끔 꺼내어보면 나달나달한 껍데기 맛도 쫄깃하다. 요즘 딸들에게 보여주면 수령액 숫자에 0을 하나씩 더해도 부족할 것 같단다. '엄마 아빠는 어떻게 살았을까?' 신기하단다.

그 당시 5급 을(지금의 9급)로 행정공무원 7년 차의 봉급이 그 정도였다. 한 달을 적자 없이 살기 위해선 그야말로 수준급의 쪼개기 기술이 필요했다. 그래서인지 당시에 공무원은 신랑감 인기로는 한참 뒷줄이었다. 아마도 그때 나의 뱁새눈에는 콩깍지가 시루떡처럼 덮였을 것이다.

어쩌든지 오늘 여기 모인 이들은 그 시절에 박봉의 공직에도 앞만 보고 걸었던 '山'들이다. 어떻게 보면 융통성이라고는 약으로 쓸 만큼도 없이 꽉 막힌 사람들이다. 이리저리 재어보고 주판알을 튕겨보며 영악하게 배를 갈아탈 줄도 모르는…. 그러나 이런 사람들이 예나 지금이나 공직 사회 각층에 소금처럼 뿌려져 있어 건강을 유지하는 것 같다. 그래서 이 사회가, 우리나라가, 세계가 잘 굴러가는 게 아닐까?

근래에는 젊은이들이 공직을 가장 선호하는 직업으로 꼽는단다. 과욕 부리지 않고 민원 편에서 마음을 열고 일한다면 긍지와 보람을 함께 가질 수 있는 좋은 직업일 것 같다.

평생을 소신껏 일하고, 정년퇴직할 때 부상(副賞)도 없는 깃털 같은 녹조근정훈장 한 장 받아 들고 감사했던 일곱 산들이다. 노후에 부부가 생활할 만큼의 연금을 받을 수 있는 일은 그나마 다행인 듯하다. 그 또한 국가에서 거저 주는 게 아니다. 근무할 때 내내 개미처럼 부어 온 것이다. 그럼에도 사람들은 국가가 퇴직한 공무원에게 그냥 베풀어 주는 생활비로 오해하기도 한다. 그분들이 국민연금을 30~40년 부었다면 어떨까 싶다.

이들은 한 가정의 산이 되어 처자식이 참새처럼 깃들었고, 직장의 산이 되어 동료와 부하 직원들에게 바람막이가 되었다. 크게는 대한민국 공복의 백두대간으로 수많은 민원인을 품었던 용사들이다. 오늘처럼 마음 맞는 지기(知己)들을 만나서 호탕하게 목소리 좀 높인들 어떠한가?

이제 일곱 명의 길동무들은 연지 빛 노을 앞에서 찔레꽃 같은 삶의 이야기를 오보록이 품은 채 노송이 되어가고 있다. 그들이 함께 걷는 산(山)길이 「메밀꽃 필 무렵」의 달구지 속도만큼 더디 갔으면 좋겠다.

2010.05.

제4장

수지맞은 외출

'엄마는 딸이 넷이니 듬직한 네 명의 아들을 덤으로 얻는다.'라고도 했다. 그리 생각하니 딸만 두었다고 손해만 보는 장사는 아닌 것 같다.

— 수지맞은 외출 중에서

봉무리 망고

:: 일곱 살 외손녀가 제 엄마 곁에서 수를 놓는다. 꼬막 같은 손에 도넛만 한 수틀이 들려 있다. 초록색 수실을 귀에 건 바늘도 야물게 쥐었다. 돋보기 낀 할미까지 함께하는 3대(代) 자수방이다.

6년 전, 할머니란 호칭을 처음으로 내게 붙여준 망고. 망고는 둘째 딸이 손녀 정원이를 임신했을 때, 열대 과일 망고를 무척 좋아해서 사위가 붙여준 태명(胎名)이다.

분만실 앞에서 마음 졸이다가 처음 만난 고구마처럼 빨간 신생아. 누에만 한 몸은 하얀 타월에 돌돌 말려 있다. 머리엔 얇은 보온 모자를 쓰고 깻잎만 한 얼굴만 빠끔히 내놓았다. 머루포도 같은 눈빛. 빚은 듯 오뚝한 콧대, 채송화 꽃잎 같은 입술은 내게 눈을 맞추듯 배냇짓 미소까지 지었다. 앙증스런 이모티콘 같았다.

올여름에 앞니가 위아래 여섯 개나 빠진 정원이. 찰옥수수 소쿠리 앞에서 앞니가 휑하니 어쩌나. 많이 먹고 싶은데 마음만 앞선다. 송곳니로 한 알씩 겨우 갉으며 합죽이 입을 오물거리는 모양에 폭소가 터졌다. 앞니가 언제 나오느냐며 날마다 거울 앞에 꼰지발을 세운다. 요즘 정원이의 최대 관심거리이다.

아이의 도넛만 한 수틀에는 흰색 린넨 천 자투리가 팽팽하게 물려 있다. 린넨 천에는 밑그림으로 토분에 심은 수국이 선명하다. 고사리 손에 쥔 바늘이 수틀 위아래로 연신 올려 꽂고 내리꽂기를 한다. 황토색 토분을 다 놓아간다. 바늘귀에 남은 황토색 실을 줄기 색으로 바꿔 꿴다.

바늘에 실을 꿸 때, 먼저 실 끝을 입에 물어 침을 묻히고 엄지와 검지로 살짝 비빌 줄도 안다. 왼손에 바늘을 세워 잡는다. 오른손에 실을 잡고 눈을 가느스름히 뜬다. 숨소리도 죽인다. 실 꿰는 망고의 표정이 자못 진지하다. 돋보기 낀 눈으로도 바늘귀를 찾지 못하고 헤매는 이 할미 것도 단숨에 꿰어준다. 망고가 내 눈이다. 설 명절에 한복을 차려입고 세배를 할 때면 '아리잠직하다.'라는 우리말이 바로 이 아이에게 딱 맞는 듯하다.

망고의 바늘 끝에 내 어릴 때의 한 장면이 흑백 영상으로 아득하게 떠오른다. 바느질하는 어머니 곁에서 헝겊 조각에 서툰 홈질로 주머니를 만들던 아이가 있다. 지금의 손녀만 하다. 어머니의 반짇고리만 있으면 혼자서도 종일 심심하지 않았다. 또래들하고 노는 것보다 엉성한 바느질이 더 재미지고 옹골졌다.

요즘에도 틈틈이 수놓기를 즐겨 한다. 이런 나를 보면서 자란 둘째 딸이 망고를 낳아 기르면서 바늘을 잡았다. 딸의 자수는 하나하나가 섬세한 작품이다. 이사 온 새집과 뜰 안, 가족까지 수놓아 액자에 담아 걸었다. 성능 좋은 사진기로 찍은 사진보다 정감이 간다. 길을 가다가 허리를 굽혀야 볼 수 있는 풀꽃들도 액자에 담기니 꼿꼿이 서서 볼 수 있다. 딸은 삶 속에서 즐거운 순간들을 스냅 사진처럼 포착하여 수를 놓는다. 일상의 생활수예를 즐기는 것이다. 그래서 집안 구석구석을 모두 자수 소품으로 꾸몄다. 흡사 동화 나라 같다.

이런 딸을 보며 자란 손녀가 일찍이 바늘을 잡은 것이다. 비라도 내리는 날이면 손때 묻은 수틀과 돋보기를 챙겨 들고 딸 모녀에게 건너간다. 빗소리 들으며 크고 작은 수틀에 수를 놓는 3대(代). 요즘 사람들이 보면 1세기쯤 거스른 자수방 풍경이지 싶다. 우리는 수만 놓는 게 아니다. 열기가 후끈한 방을 제비꽃 같은 이야기로 오보록이 채우기도 한다.

수놓기에 골똘하던 정원이가 입이 간지러운가 보다. 말하는 입은 따로 있건만 꼬막손에 잡힌 바늘은 삐뚤빼뚤 갈지(之)자로 걸어간다. 그러거나 말거나 이야기에 신이 났다. 용인 남촌초등학교 병설 유치원의 달랑 다섯 명인 친구들부터 선생님 이야기까지 한 소쿠리 풀어놓는다. 소쿠리에 밑천이 떨어졌는지 뜬금없이 나에게 공을 던진다.

"할머니도 이다음에 하늘나라에 가시나요?"

"그렇지. 나도 가야지. 그런데 왜?"

"할머니 좋아하는 단감이랑 맛있는 것들, 하늘나라로 택배 보낼게요. 그곳에서 친구들과 함께 드세요?"

"와. 맛나겠다. 나는 하늘나라에서 정원이게 무엇을 보내줄까?"

"음, 천사의 날개옷을 갖고 싶어요."

조손 간의 돈키호테 같은 이야기는 끝말잇기처럼 이어진다. 아이와 이야기를 하다 보면 시냇물 같은 동심의 세계로 소용돌이처럼 빨려들어간다. 신나는 꿈을 꾸는 것 같다. 무겁던 몸과 마음이 깃털 같아진다. 망고의 양파만 한 머릿속엔 대체 무엇이 들어있을까? 어떤 때는 아이의 말을 받아쓰면 그대로 재미있는 단시(短詩)가 된다.

하루종일 달라고 한다
아침 점심 저녁밥
함머니표 식혜도 한 사발
현관 앞의 신문까지
하버지는 함머니의 아들인가?

정원이가 여섯 살 때 종알거린 말을 정리해본 것이다. 내 속에서 나온 아이 같다. 어쩌면 내 속을 이리도 환하게 대변할 수 있을까? 식구들은 한바탕 무더기로 뒤집어졌다.

저승에서 손녀의 택배를 받는 할미. 할미가 천상에서 택배로 보낸 날개옷을 받고 즐거워하는 이승의 손녀. 재미있는 상상에 박장대소하면서도 가슴에 찌르르 통증 같은 것이 훑고 지나간다. 그렇다. 오늘처럼 재미진 자리에 내가 빠진 그림을 지금까지 한 번도 생각해보지 않았다. 사람은 누구나 소실점을 향해 달려간다. 그런데도 우리는 달리는 군중 속에서 '나'를 빼고 사는 것 같다. 일종의 자기 최면처럼. 나도 그들과 한물의 고기란 것을 애써 외면하면서.

흐르는 건 세월이 아니라 우리 망고가 자라면서 달라지는 모습인 것을 새삼 깨닫는다. 오늘 손녀의 상상처럼, 하늘나라에서 보낸 날개옷 택배가 언제쯤 봉무리 망고에게 도착할는지 기다려진다.

2018.10.

정년퇴임

"마음이 좀 그러네."

시곗바늘은 자정을 넘어 새벽 두 시를 향하고 있다. 아무 물정 모르는 시계는 길고 짧은 다리를 어긋나게 포개고 재깍재깍 달린다.

"아무 탈 없이 정년퇴임을 할 수 있음에 감사합시다."

말은 그렇게 하면서도 내 마음은 손에 쥔 것을 놓아버린 것 같다. 남편의 하얀 머리카락 두 올이 불빛에 반짝인다. 아까부터 창가에 붙어버린 듯 서 있는 그의 등이 몹시 작아 보인다.

7년 전 어느 주말, 남편의 정년퇴직을 며칠 앞두고였다. 남편이 혼자 거처하는 전북 J 대학교 직원 사택에 갔다. 남편은 거기 내려가서 보던 책들을 옴시레기 박스에 담아 놓고, 밤새 서성거렸다. 강산이 네 번 변할 세월, 40년 가까이 애오라지 행정공무원이라는 한 길을 걸어온 그이다. 긴 세월 몸담았던 직장을 나오게 되어 많이 허탈한 모양이다. 남편한테는 눈 좀 붙이라고 하면서 정작 내 눈은 더욱 초롱초롱해진다. 그와 함께 걸어온 활동사진이 어둠 속에 끝없이 이어진다.

올망졸망한 아이들 데리고 남편의 임지 따라 이사도 많이 했다. 세어보니 열일곱 번쯤 된다. 특히나 남도 지방엔 섬이 많아서 작은 섬에도 몇 군데 옮겨가며 살았다. 그중에 한 영상이 가슴 뭉클하게 클로즈업된다.

큰애 낳고 한 달 만에 여수시 돌산읍으로 이사 가던 날이다. 우리 이삿짐은 학생들 캠프 가는 것만 하다. 간단한 우리 세 식구의 이삿짐이다. 가구는 율촌에서 살던 셋집에 맡기고, 최소한의 취사 도구와 이불과 옷가지를 서너 보퉁이로 나누어 싼 것이다. 율촌 간이역에서 1톤 트럭도, 삼륜차도 아닌 완행열차에 주섬주섬 실었다. 세상에서 가장 길고, 큰 이삿짐 차였다. 여수행 완행열차.

여수항에 도착하여 피난민처럼 양손에 이삿짐을 들고, 출산한 지 한 달 된 큰딸을 업었다. 돌산 섬으로 가는 여객선 '중복호'에 올랐다. 산후 조리를 못 해서 내 얼굴과 손, 발은 소복소복 부은 상태였다. 물도 덜 빠진 아이는 엄마 품에 안겨 세상모르고 쌔근쌔근 자고 있다. 가끔씩 천일염을 흩뿌리는 듯 파도가 솨아 밀려와 뱃전에 하얗게 부서진다. 큰아이가 세상에 나와서 처음 들어보는 파도 소리다. 그래서인지 새내기 엄마와는 다르게 뱃멀미도 하지 않는다. 파도와 갈매기 소리를 자장가로 삼아 해풍 속에서도 잘 잔다. 꼭 감은 작은 눈이 흡사 초승달 같다. 눈가에 다문다문 올라온 속눈썹에는 잘게 부서진 바닷바람 소삭들이 얹힌나.

그 섬에는 소아과 병원이 없었다. 불덩이 같은 갓난아이의 알몸을 물수건으로 닦아주며 밤을 새우기도 했다. 다행히 고비마다 잘 견디어 준 아이가 대견했다. 그 애가 따박 따박 걸을 때쯤에 돌산 섬을 벗어날 수 있었다.

비 오는 날이면 양동이, 자배기 등이 입을 크게 벌리고 처마 밑에 줄줄이 나앉아야 했다. 세탁할 물이 부족해서다. 섬에서 빗물은 생활용수로 한몫을 톡톡히 한다. 태풍주의보가 내려지면 육지와 연결된 생명줄 같은 여객선이 모두 끊어졌다. 돈을 들고도 생활용품이며 부식거리를 구할 수 없었다. 무 하나로 채김치 만들어 사흘을 버틴 적도 있었다.

공직생활 39년 2개월. 절대 짧은 세월이 아니다. 그 먼 길 위에서 우리는 크고 작은 사연으로 인하여 숱하게 싸우기도 했고, 함박꽃 벙글 듯 웃을 때도 많았다. 이제 형제들은 모두 제 나름대로 일가(一家)를 이루었다. 딸들도 고구마 줄기 꺾꽂이하듯이 하나씩 옮겨 심어서 새 둥지를 틀고 있다. 머지않아 창조주께서 부르시면 우리 부부도 이 둥지를 떠날 것이다. 이제는 모든 것을 하나씩 내려놓을 때다. 퇴직하는 일은 비록 자의(自意)가 아니라 해도 그중에 가장 큰 내려놓음이 아닐까.

남편은 생존경쟁의 사회에서 승리한 전사이다. 막상 그 전쟁터를 떠나려 하니, 승전가를 부르기보다는 허탈한 마음이 앞서는 모양이다. 이제 걱실걱실한 젊은 후배들이 남편의 자리를 이을 것이다.

번화한 도회지를 떠나야겠다. 굳이 고향이 아니라도 좋다. 흙냄새 만질 수 있는 시골이라면 어디든 좋을 것 같다. 자그마한 둥지 하나 얽어서 남새밭의 푸른 것들과 벗삼아 살면 좋겠다. "십 년을 경영하여 초가삼간 지어내니/ 나 한 칸 달 한 칸에 청풍 한 칸 맡겨두고/ 강산은 들일 데 없으니 둘러두고 보리라/" 조선 시대 선비 송순의 시조가 떠오른다.

땅거미 내려앉는 저녁이다. 지친 전사를 위해 등불을 켠다. 그가 좋아하는 텁텁한 막걸리와 영산강 홍어가 가지런히 놓인 소반을 준비한다. 화사한 6월의 수국으로 화관도 엮고….

2010.06.

수지맞은 외출

∷ 수원 팔달산 입구 서문 공원에 억새꽃이 바다를 이루었다. 머지않아 내 품을 떠날 딸이 곁에 있어서 그런가? 오감에 닿는 가을바람이 예사롭지 않다.

참으로 오랜만에 둘째 딸 정도와 외출했다. 며칠 전부터 바쁜 딸에게 오후 한나절 시간을 예약했다.

수원성은 목화솜 같은 구름을 한 아름 이고 줄을 섰다. 돌 한 덩이마다 정조대왕의 효심이 배어있는 수원성곽이다. 거중기를 발명하여 돌을 옮겼다지만, 정교하게 쌓아올린 크나큰 돌덩이를 볼 때마다 수많은 사람의 땀 흘리는 모습과 함성이 돌 틈에서 쏟아진다.

둘째와는 한 지붕 아래 살면서도 그동안 학교다 직장이다 하는 이유로 함께 쇼핑 한 번 여유롭게 하지 못했다. 그런데 어느새 스물여덟 번째 생일이 온 것이다. 어쩌면 이번 생일이 내 곁에서는 마지막 생일이 될 것 같다.

얼마 전에 남자 친구를 데려와 인사를 했다. 그제야 정신이 번쩍 들었다. 언제까지나 내 품에서 파랑새로 함께 할 줄 알았는데, 어느

새 아이는 자라서 둥지를 떠나려는 몸짓을 한다. 그래 이제 떠날 때도 되었지. 큰딸 보낼 때보다는 면역이 되어 서운함이 덜 할 줄 알았는데, 그때와는 또 다른 느낌으로 가슴 한쪽이 싸하다.

언제부터인지 딸이 출근한 뒤에 딸의 방에 들어가 생각에 잠기곤 한다. 결혼하여 떠난 뒤의 상황이 이러겠지. 큰아이 결혼하여 떠난 뒤에, 둘째는 엄마의 친구 같은 딸로, 두 동생의 자상한 언니로 그 자리를 살갑게 잘 감당해 왔다.

태어나면서부터 큰애의 엄마 젖 시샘으로 괴로움을 당했던 둘째다. 유난히 욕심이 많은 큰딸에게 모든 걸 얼른 양보해야 편하다는 진리를 일찍이 터득한 것 같다. 항상 장난감도 큰애가 먼저고, 먹을 것도 큰것은 제 언니 거라고 미리 인정했다. 그래서인지 자매끼리 싸우는 모습을 아직 보지 못했다.

둘째가 앨범 속 사진 한 장을 들이대며 큰애를 놀린다. 들녘에서 클로버 꽃을 꺾었는데 큰애는 한 아름을 안고 있고, 둘째는 겨우 몇 송이만 들고 있는 사진이다. '언니의 만족해하는 모습을 보려고 부지런히 꺾어서 언니한테 바쳤다.'라고 뒤늦게 고백한다.

큰애는 그게 아니라고 우겨대다가도 그 사진 앞에선 꼼짝없이 동생한테 미안하다고 때늦은 사과를 한다. 그 미안한 마음을 행동으로 갚아가는 큰딸이다. 클로버꽃을 한 아름 꺾어 안겨주었던 동생에게 훗날, 캐나다 토론토대학 어학연수를 갈 때 옴싹 뒷바라지해준 '든든한 큰언니'였으니…. 자매간의 예쁜 우애가 오래도록 지속되길 기원해 본다.

우리 모녀는 손을 꼭 붙들고 애경 백화점에서 쇼핑을 한다. 속이 깊은 둘째는 이번에도 엄마보다 먼저 깊은 정을 표현했다. 예쁘게 낳아 잘 길러줘서 감사하다면서 아빠와 엄마의 멋진 남방과 하늘하늘한 블라우스를 고르는 것 아닌가. 딸들의 생일에 오히려 우리 부부가 딸들에게 선물을 많이 받는다.

이번에 둘째의 생일 선물은 마음먹고 좀 큰 걸로 해주리라. 그런데 딸은 예쁜 투피스 진열장도, 멋진 바바리코트 진열장도 그냥 지나친다. 돌고 돌아 고른 것이 가느다란 14k 목걸이이다. 눈이 크고, 목이 긴 딸의 목에 딱 어울린다. 어느새 마음마저 훌쩍 자라버린 딸을 보니 가슴이 먹먹해진다.

내년 이맘때쯤은 새로운 둥지 속에서 꿈을 키우고 있겠지. 가지를 찢어내는 아픔보다는 나의 분신이 또 다른 파랑새들을 기르며 알뜰살뜰 살아갈 둘째의 모습이 그려진다. 허전한 마음을 자꾸 다독여본다.

30여 년 전, 나를 떼어 보내실 때 친정어머니는 칠순이 다 되셨다. 손녀 같은 막내딸을 보내며 피로연 식당 바닥에 주저앉아 섧게 우시던 모습이 지금도 지워지지 않는다. 육 남매의 막내로 자란 딸을 층층시하, 팔 남매의 맏이로 보내시던 그때 친정어머니의 마음은 지금 나보다 훨씬 더 아리셨으리라.

쇼핑을 마치고 우리는 창 넓은 카페에 마주앉았다. 딸의 쌍꺼풀이 선명한 동그란 눈이 순한 황소 눈 같다. 씨알이 쪽 고른 강냉이 같은 치아를 드러내고 환하게 웃는 딸의 저 모습을 이젠 자주 볼 수 없을 텐데.

아이는 내 마음을 들여다보았는지, 딸을 보내는 게 아니라 아들을 얻는다는 생각을 가지라고 한다. 그런 의미에서 '엄마는 딸이 넷이니 듬직한 네 명의 아들을 덤으로 얻는다.'라고도 했다. 그리 생각하니 딸만 두었다고 손해만 보는 장사는 아닌 것 같다. 내가 낳지도 기르지도 않은 듬직한 아들을 둘씩이나 얻었고, 또 둘을 더 얻을 것이니. 큰 횡재를 한 셈이다. 모처럼 둘째 딸과 함께한 생일날의 외출이 흐뭇하기만 하다.

2009.10.

질경이

"카톡, 카톡!"

"엄마, 첫날이라 정신없이 수업을 마쳤어요."

함박웃음 환한 이모티콘이 딸의 가쁜 숨을 물고 파랑새처럼 날아든다.

셋째 딸 정주는 우리나라 청년 실업이 극치에 달하는 시기에 학업을 마쳤다. 취업이 가능한 곳은 셀 수 없을 만큼 노크했다. 딸의 중지(中指) 마디에 옹이가 박혔을 것 같다.

"엄마, 이번에도 안 됐어요."

어느 날 아이는 비에 젖은 참새가 되어서 둥지를 찾았다.

"괜찮아. 너를 찾는 곳이 꼭 있을 거야. 이번에 우리 딸을 몰라본 곳이 아까운 인재를 놓친 거지."

모녀의 가슴을 자글자글 졸이는 5년이었다. 딸은 갖가지 스펙과 경력을 쌓으며 오롯이 취업 준비에 매달렸다. 열리지 않는 철문 앞에서 참 많은 비애를 맛보기도 했다. 어떤 곳은 철통 같은 관문이 대여섯씩이나 가로막고 있었다. 이론과 인성과 적성검사에 실무 능력과 최종면접까지. 우리의 훤칠한 아들딸들을 채에 거르듯 몰강스럽게 걸러낸다. 이 나라 젊은이들의 취업 구조는 어디서부터 잘못된 것일까? 이 땅에 태어난게 잘못일까? 모 국회의원 나리들께선 자녀들을 말씀 한마디로 마른자리에 척척 앉힌다는 소식이 우리를 더욱 슬프게 한다. 대상도 알 수 없는 원망이 켜켜이 쌓여간다.

딸은 낙방을 거듭하며 질경이가 되어갔다. 어쩌면 나는 딸의 그런 모습에서라도 자위하고 싶었는지 모른다. 그래야지 이다음에 일을 맡으면, 양글게 잘해낼 것이라며, 불확실한 미래의 두려움으로 떨고 있는 딸 앞에서 제법 담대한 엄마인 척했다. 속은 깻묵처럼 타면서도.

딸이 면접을 보러 가고 없을 때면, 다소곳이 닫혀 있는 딸의 방문을 열었다. 책상도 의자도, 27년 된 피아노도 귀 쫑그리고 앉아서 주인의 환한 소식을 기다린다. 책상다리를 부여잡고 엎드려 내가 섬기는 절대자 앞에 땀 절은 손과 무릎을 모았다. 종교는 때로 우리에게 최고의 피안을 주는 게 아니라, 그 너머의 경지를 안겨주는 것 같다.

딸은 어려서부터 피아노를 무척 좋아했다. 동네 피아노학원 선생님은 아이가 음감이 좋다며 피아노를 계속 시켜보라고 했다. 그러나 그 방면으로 뒷바라지할 일이 겁나서 일찌감치 뒤로 물러섰던 영악한 엄마다. 차라리 그 길로 갔더라면 어땠을까.

딸은 가끔 소금에 절인 푸성귀가 되어 피아노 앞에 앉곤 했다. 아이는 피아노의 음유 시인 '이루마'의 곡을 참 좋아했다. 그의 곡들은 듣는 이의 삭막한 영혼을 잔잔한 호수 속으로 옴싹 끌어들였다. 아이의 방에선 그의 시처럼 오련한 연주곡들이 끝없이 울려퍼졌다. 손가락은 호수 같은 이루마의 곡들을 찾아가고 있지만, 아이의 마음엔 짜디짠 눈물이 고였을 것이다.

"엄마, 다시 도전해볼게요."

딸은 이루마의 악보 위를 유영하면서 새 힘과 위로를 얻곤 했다. "엄마를 주름지게 하는 건 세월이 아니라 자식의 눈물"이라고 했던 이철환 씨의 한 미디가 아리게 다가오곤 했다. 그래서 어머니라는 말은 늘 촉촉한지도 모른다. 자식은 내가 그랬던 것처럼 부모 마음 갈피에 자리 잡은 진주 알인 것 같다.

딸은 드디어 8월 17일부터 평택에 있는 모 여고 영어교사로 출근하게 되었다. 진사 댁도 아니면서 늘 '천 진사 댁 셋째 딸'이라고 부르던 셋째가 취업으로 인해 배우자도 없이 집을 나가 살게 되었다. 결혼하여 제 짝을 만나기 전에는 내보내려 하지 않았는데, 아이는 나보다 용감했다. 직장이라면 평택이 아니라 오대양 육대주 어디라도 찾아가겠단다.

그날 밤 꽤 오랜 시간 뒤치락거렸다. 새벽녘에야 어미의 날개를 걷어 올리고 아이를 밀어냈다. 절벽에서 어린 새끼를 떨어뜨리는 어미 독수리의 마음으로 '이제 놓아주자.' 사막 지대의 로뎀나무는 뿌리를 더 깊이 내려야 생수를 만난다고 했다. 딸이 사막 같은 세상에 뿌리를 튼실하게 내리길 바라며 나도 용기를 내었다.

아이는 제 물건을 하나씩 챙겨 짐을 싸기 시작한다. 큰딸과 둘째가 결혼해서 짐을 챙길 때와는 또 다른 애잔함이 마음 밑바닥을 훑는다. 언제 떠나도 떠나야 할 딸들인데, 천년만년 함께할 것처럼 청승은 그만 떨자. 이제는 내가 자식 곁을 떠나야 할 때가 다가오고 있는데….

여린 날개에 힘이 생길 때까지 딸은 수없이 날개를 퍼덕거려 왔을 것이다. 절벽 아래에 빠진 깃털이 수북이 쌓여 있을 정도로. 허나 그런 과정 없이 쉽게 날 수 있는 새는 이 세상 어느 숲에도 없을 것이다. 창공을 향해서 날아오르는 자그마한 파랑새의 날갯짓을 보며 오늘도 가슴 속의 진주 알을 키운다.

2015.08.

앉은뱅이책상

:: 만난 지 24년 된 단짝이 있다. 나와 터울은 42년, 조손 간 같다. 그러나 우리는 세대 차가 없는 사이이다.

그 앞에 앉기만 해도 이 친구는 내 마음 무늬를 환히 읽는다. 이번엔 어떤 글감을 가져왔느냐고 굳이 묻지 않는다. 앞뒤가 맞지 않는 개똥철학을 방물장수 보따리처럼 풀어놓아도, 지구가 꺼질 듯한 한숨에도 괜찮다며 토닥여준다. 세상에 이런 친구가 몇이나 있을까.

이 친구는 둘째 딸 정도가 중학교 입학할 때 들여온 책상이다. 진갈색 무늬목이 은은하다. 오른쪽엔 네 개의 서랍이 불국사 대웅전 기둥처럼 상판을 받치고 있다. 왼쪽엔 5단 책장이 상판을 껴안고 바투 서 있다. 한때는 소나무 숲에 찾아드는 잔바람과 함께 우아하게 춤을 추었을 나무 아니던가. 귀를 대어본다. 모종비처럼 감미로운 바람이 귀청을 돌아 나온다.

서랍마다 달려있는 어미 소 젖꼭지 모양의 손잡이들. 두 딸의 손에 닳았다. 제주도 알작지 해변의 몽돌처럼 반드럽다. 둘째 딸이 이 책상에서 중, 고, 대학생, 취업 준비까지 마치고, 막내가 고스란히 물려받았다. 둘째는 결혼했고, 막내는 직장으로 향하며 방을 뺐다. 책상은 이제 옹달샘만 한 방과 함께 내 차지가 되었다.

그 곁에 앉으면 자매가 나누던 풀꽃 같은 이야기 소리가 들리는 듯하다. 비염으로 힘들어하던 막내가 아침이면 코 풀던 소리까지. 각종 시험 준비로 물 먹은 솜뭉치가 되어, 앉은 채로 꾸벅 단잠에 빠지던 막내. 만성 수면 부족으로 서리 맞은 배추처럼 창백하던 얼굴이 책상에 어린다.

공부가 삶의 전부는 아닐진대, 한참 뛰놀고 취미생활도 해야 할 때였다. 책상에 발이 묶여서 옴짝달싹 못하던 딸. 치열한 생존경쟁의 묘책이 오직 책상 바닥에 숨어있기라도 하듯이 밤새워 쪼았다. 거기에 해바라기 씨 같은 꿈씨를 촘촘히 심었다. 어찌 우리 딸뿐이겠는가? 이 나라의 죽순 같은 청소년들이 안타깝다. 어디서부터 고쳐야 하는지. 선거꾼들은 선거철마다 교육 환경의 유토피아라도 세울 양 외쳐대지만, 선거 마치면 낙원은 온데간데없다.

책상은 이제 나와 하나가 되었다. 이 친구 곁에 앉으면 마파람에 나부끼던 마음 가닥이 가랑비에 풀잎처럼 눕는다. 세상 친구는 몇 시간씩 수다를 떨고 와도 '오늘 뭐 했나?' 할 정도로 마음이 앵하다. 그러나 이 책상은 함께할수록 안개꽃 같은 이야기가 몽글몽글 피어난다. 밤을 새워도 전혀 앵하지 않다.

어린 시절 함평 농촌에서 자랄 때다. 6남매 집에 책상이라곤 개다리소반 같은 앉은뱅이책상 하나뿐이었다. 아들을 선호하던 시절, 공부방도 따로 없던 그때다. 그 책상은 큰언니도 작은언니도 아니었다.

오직 큰오빠 전용이었다. 더구나 막내는 언감생심 넘볼 수가 없었다. 초등학교 다니는 내내 아버지의 밥상으로 책상을 대신했다. 자그마한 겸상용 밥상은 1인 2역을 해내느라 늘 분주했다. 저녁 설거지를 마치자마자 그 상에 책을 펼치면 살얼음 언 동치미 맛이 났다. 아궁이 잔불에 구운 갈치 냄새도 겨울밤 허출한 배 안에 쟁여졌다. 그런가 하면 아버지가 밥상머리에서 귀에 넣어준 말들이 귀를 열고 도로 나와서 책갈피에 쏟아지기도 했다.

중학교 들어가면서 처음 내 책상을 갖게 되었다. 큰오빠가 사용하던 할머니 밥상만 한 앉은뱅이책상이 드디어 내 차지가 된 것이다. 요즘 딸들의 책상이 내게로 온 것처럼…. 난생처음 가져보는 내 책상. 세면 수건만 한 책상의 상판 아래는 성냥갑 같은 서랍도 두 개나 있었다. 거기엔 내 옷에 달린 호주머니처럼, 내 소지품만 오불오불 넣어도 되는 것이다. 그날 밤 초롱에 기름이 다 닳도록 책상 곁을 지켰다.

오늘 넓은 책상 앞에서, 그 시절의 앉은뱅이책상이 처음 짝사랑하던 사람처럼 떠오른다. 여자는 결혼하여 삶이 곤할 때 첫사랑이 생각나고, 남자는 삶이 평안할 때 첫사랑을 떠올린다고 한다. 그렇게 낙낙한 책상 앞에서 그 옛날 앉은뱅이책상을 떠올리고 있으니 나는 남자일까 여자일까.

딸들이 물려준 이 친구에게는 갚을 길 없는 공(功)이 참 크다. 책상은 문외한인 나를 문단에 끼워주었다. 그뿐만 아니다. 쉰세 꼭지 수필이 오불고불 깃들 오두막도 두 채씩이나 지어주었다. 내 얼굴이 마른 대추처럼 조글조글해져도 이 친구를 곁에 두고 싶다. 그런 내 마음을 눈치챘을까. 요즘 들어 더욱 살뜰하다. 텃밭에서 일을 하거나 주방에서 밥을 지을 때, 시도 때도 없이 나를 부른다. 글감을 가져오라며.

아파트에서 주택으로 이사 올 때 '같이 가자. 좋은 글 쏟아지게 도와주렴.' 이런 마음을 알 리 없는 딸들이 그 구닥다리를 제발 좀 버리란다. 그러나 딸들보다 속 깊은 이 친구를 버릴 수 없었다.

서재 창가에 자리한 무늬목 책상. 이삿짐을 정리하다가 그 앞에 잠시 다리쉼을 한다. 액자 같은 창에 나지막한 앞산 능선이 조신하게 담겨 있다. 흡사 친정어머니 품 안같이 포근해서 그저 바라만 봐도 정감이 든다. 예까지 오는 동안, 어머니의 눅진한 무명치마에 얼굴을 묻고 싶었던 적이 어디 한두 번이었던가.

주어진 남은 날들. 밭고랑에 지천인 풀꽃들의 이야기를 책상과 함께 받아적고 싶다. 팔분음표 같은 새들의 노래도 그 옆에 오보록이 담아볼 요량이다.

2017.12.

1566-7924

"언제든지 불러주세요."

자그마한 1톤 트럭의 뒷면에 쓰인 짧은 문구다. 노란 바탕에 빨간 글씨가 선연하다. 이삿짐 차인 듯하다.

지난 금요일 경수산업도로를 달리던 중이었다. 바로 앞에 자그마한 트럭이 초겨울 빗발 속을 부지런히 달리고 있다. 대형 레미콘 옆의 그 트럭은 운동회 날 백 미터 달리기 하는 1학년 아이 같다. 큰형 같은 레미콘 바퀴가 한 바퀴 돌아갈 때, 막내 같은 트럭의 바퀴는 서너 바퀴를 구른다. 숨이 차서 헉헉거리는 소리가 들리는 듯하다. 안쓰럽다. 다행히 빨간 신호에서 마디숨을 고른다. 나도 그 꽁무니를 물고 섰다.

24시 콜 화물, 24시간 언제나 불러만 달란다. 일감이라면 어떤 여건도 가리지 않고 다 해주겠다는 뜻이리라. 이삿짐센터 사장님 '을'의 공손함이 촉촉이 배어난다. 그 기사님은 누구보다도 친절할 것 같다.

얼마 전 막내딸이 대전에서 서울지사로 자리를 옮기게 되어 이사를 했다. 그때 오십 대 후반쯤 되어 뵈는 화물차 기사님의 친절은 '을'의 공손함을 넘어서 몸에 밴 듯한 배려였다. 그는 자신의 딸처럼 8층 원룸까지 짐을 다 올려주고, 무거운 것은 자리 잡아 놓아주기까지 했다. 막내딸은 이사를 마치고, 근처 밥집에서 기사님에게 따뜻한 백반을 대접하고, 운송비에 얼마를 더 얹어 고마운 마음을 전했다. 한지에 꽃물 번지듯 두 사람의 마음에 사람 향기가 스몄다. 배어나는 환한 빛깔이 노을처럼 내게 반조(返照)되었다. 어쩌면 스치는 바람 같을 수도 있는 소형 트럭 기사님과 막내딸 아니던가. 세상의 모든 만남에는 우연한 게 없다는데….

사람이 일생 한 곳에서 붙박이로 사는 사람은 별로 없다. 우리들의 첫 번째 이사는 어머니의 자궁 안에서 자궁 밖 세상으로 달랑 탯줄 하나 달고 나오는 일이다. 우주적인 이사, 아니 우주적 사건이다. 올 때는 빈부귀천을 막론하고 벌거숭이 알몸이다. 순(純) 무소유다. 이후부터 한 인생의 소유가 시작된다. 그 '소유'는 배냇저고리부터 시작하여 기하급수적으로 늘어난다. 알몸으로 온 인생이 의, 식, 주라는 명목으로 세상의 많은 것들을 야금야금 점령해 가는 것이다. 돌아갈 때는 모두 놓고 가야 하는 사실을 까맣게 모르는 체하며….

지금 내 앞에 달리는 화물차에는 간소한 이삿짐이 실려 있다. 포장이사는 아닌 듯하다. 마당에 널려 있는 빨래를 보면 그 집의 생활상을 심작할 수 있듯이, 이삿짐 느낌에 실려 있는 살림살이를 보면 그 집의 삶이 환히 읽힌다.

발바닥이 보이지 않게 달리는 24시 화물차 네 바퀴에 신혼 시절

삼륜차의 세 바퀴가 교차하며 아른거린다. 그 시절엔 삼륜차의 인기가 대단했다. 이삿날 며칠 전에 예약을 해야 만날 수 있었으니.

'24시 콜 화물차'에 실린 오밀조밀한 짐들은 아이들이 어릴 때, 여수 율촌에서 메뚜기처럼 옮겨 다니던 우리 집 이삿짐과 흡사하다. 네 짝 문 이불장이 아빠처럼 화물칸의 맨 안쪽에 서서 작은 짐들을 아우르고 있다. 손잡이가 몇 개씩 떨어져 나간 서랍장이 그 옆에서 풋잠에 들었다. 짐 싸기에 곤한 엄마처럼. 뒤통수가 쑥 나온 TV의 코드는 홀맺지 않은 보자기 틈으로 삐죽이 나와 있다. 급히 달아나다 못 감춘 생쥐의 꼬리처럼. 민낯으로 이불 보따리 틈새에 끼어 있는 곰돌이 인형도 헤벌쭉 웃고 있다.

저 이삿짐 주인은 어찌해서 서울에서 남쪽으로 이사하는 것일까? 인사이동 때문인가? 아니면 사업에 실패해서? 아니면 남다른 꿈이 있어 어린아이들 데리고 귀농이라도 하는 것일까? 생면부지의 그 가족이지만 낯선 곳에서, 상처에 새 살이 돋듯 새 정으로 접붙여 잘 살았으면 좋겠다.

우리도 남편의 직장 따라 여천에서 수원으로 천 리 길을 올라왔다. 작은 트럭을 불렀다. 자취생 같던 이삿짐이 긴 세월 도시의 틈새에 잔뿌리를 내리며 몸피가 슬금슬금 커졌다. 집 안 구석구석이 욕심으로 가득 찬 내 안과 같다. 저울이 있다면 내 안에 쟁여진 욕심을 한번 달아보고 싶다.

내년 가을쯤에는 또 한 번 이사하게 될 것 같다. 은성한 불빛에서 비껴나 흙을 밟을 수 있는 작은 단독주택으로 옮기려고 한다. 고향의

때기 땅과 집을 정리한 후 몇 달 동안 밤낮으로 고향집 텃밭이, 흙에서 자란 우리 부부의 마음속으로 자박자박 걸어오곤 했다. 기왓골을 타고내린 달빛이 처마 끝에 낙수 지는 고향집은 아니더라도, 조붓한 텃밭을 가꿀 수 있는 집이면 어디라도 좋을 듯하다. 이른 아침 푸른 이파리들 위에 구르는 이슬방울을 볼 수 있다면….

내년에 이사 갈 때는 '24시 콜 화물' 기사님의 눈 같은 1566-7924를 꼭 눌러야겠다. 그런데 훗날 하늘나라로 이사하는 그때도 이런 화물차가 필요할까?

2015.11.

상추밭에서

:: "하이고! 어쩜 이리 똑같을까?" 흙의 자궁에서 태어난 수백, 수천의 쌍둥이들이다. 이른 봄, 텃밭에 흩뿌린 상추씨. 땅의 입김으로 싹을 틔웠다. 언뜻 보면 연두색 물감을 화선지에 점점이 찍어놓은 듯하다. 하지만 들여다보면 동글한 두 장의 잎이 낱낱이 맞닿아 있다. 떡잎이 나온 뒤, 사나흘 만에 병아리 부리 같은 속잎들이 뒤따라 나온다. 아마도 잦은 보슬비가 공을 들였을 것이다.

떡잎만으로도 배직하던 상추밭이, 자꾸 돋는 속잎으로 고랑이 꽉 찬다. 요즘 주말의 프로 야구장 관중석 같다. 그래도 상추는 바늘 꽂을 만큼의 땅도 욕심내지 않는다. 좁으면 좁은 대로 서로가 다리를 붙여 서며, 그저 머리에 가랑비 맞을 수 있으니 좋단다. '왜 끼어드느냐.' 하며 누구 하나 골을 붉히지도 않는다. 무명이불 하나에 부챗살처럼 발을 모으면서도 밤새도록 도란거리던 우리 6남매처럼. 이런 애들을 누가 내칠 것인가? 마음 같아선 모두 그냥 두고 싶다.

솎아내려고 몇 번 들여다보다가 '좀 더 크면 하자.' 하며 미뤄왔다.

그런데 연둣빛 아이들이 허여 누렇게 변하는 게 아닌가? '아깝지만 할 수 없다.' 글의 행간 같은 골을 따라 어린 상추 사이를 젖힌다. 내칠 것을 고른다. 손가락 한 마디쯤 되는 이파리들. 생사의 갈림길에 선 줄을 알았을까? 모두 '나는 아니다.'하며 손사래다. 저승사자 같은 내 손끝을 이리저리 피한다. 아기 상추는 실낱같은 발부리로 엄마 가슴 같은 흙살을 마구 파고든다. 그 와중에 이들은 무명실 같은 다리를 곧추세우고 나를 향해, '충성!' 하며 다부지게 사열하는 듯하다. 그러나 모두 전멸시켜 황산벌을 만들 수야 없지 않은가.

'안 됐지만 누군가는 총대를 메야 하겠구나.' 나약한 것부터 뽑아낸다. 나무는 곧은 나무가 목수의 손에 먼저 베인다는데, 오늘 상추는 그 반대이다. 촘촘한 곳에선 대여섯을 움푹 들어내기도 한다. 집단 살생이다.

영문도 모르고 끌려 나온 목숨붙이들. 어떤 것은 실오라기 같은 다리가 반동강 났다. 흙살을 붙잡고, 살기 위해서 얼마나 앙버텼을까? 내 다리가 아리다. 이런 마음은 접어놓고, 내 손끝은 또 다른 생명을 솎아낸다. 도톰한 삼겹살을 더욱더 넓적한 상추 잎에 얹기 위해서. 몰강스러운 나….

솎은 상추들은 밭둑에 줄줄이 누워 애먼 하늘을 향해 푸르르 하소연한다. 광주민주화운동 때 '폭도'라는 죄목으로 굴비처럼 엮여가던 젊은이들 같다. '아무려면 우리를 이대로 말려 죽이지는 않겠지?' 솎아낸 상추들은 한 치도 안 되는 키를 옴츠리며, 칼날처럼 시퍼런 두려움을 털어낸다. 밧줄에 양손을 뒤로 묶여가던 5·18 젊은이들도 '설마 죽이기까지야 하랴.' 하며, 막다른 골목에서 아마 그런 생각을 했으리라. 그러나 그들은 부모 형제 곁으로 돌아오지 못했다. 일상에서 영원히 솎아진 것이다. 장자의 말이 떠오른다. "식물은 사람이 들볶지 않을 때 가장 잘 자라고, 사람은 국가의 불필요한 간섭이 없을 때 가장 잘 살 수 있다."라고 했는데, 정부의 존재와 역할이 무엇인가를 새삼 깨닫게 한다.

'누가 너희들의 생명을 맥없이 간섭할 수 있으랴.' 뿌리까지 잘 뽑혀 나온 것은 옆 고랑 빈자리에 다시 심어준다. 물도 흠뻑 준다. 연둣빛 안도의 숨소리가 낙낙하다. 내 마음밭도 촉촉해진다. 석탄일에 방생(放生)하는 보살의 마음이 이럴까?

죄 없이 불려 나온 이들 중에 실뿌리는 물론 몸뚱이가 반으로 끊어진 애들도 두어 줌이나 된다. 삶에 대한 애착으로 처절했던 순간이 보인다. 이들은 잘 씻어서 비빔밥 양푼에 넣어야겠다. '절반의 보시라도 하라고.' 잔인한 나를 어설프게 감추려 든다.

떡잎과 속잎이 누렇게 되어서 이도 저도 아닌 것은 살아남은 상추들의 밑거름으로 삭아지겠지. 이 작은 생명체들, 어느 것 하나 그냥 사라지는 게 없다. 만물은 서로에게 스며들어 하나가 된다고 했으니. '너희들과 나도 하나가 아니더냐.' 나 또한 삭아져서 산야초의 밑거름이 될 터이니….

솎아냈다가 다시 심은 이파리 끝에, 한 청년의 얼굴이 이슬처럼 매달린다. 오늘 밭둑의 상추처럼 일상에서 솎아진 그 젊은이. 우리는 평소에 반복되는 일상을 참 따분하게 여긴다. 그러나 그 따분하던 일상마저, 다시 꿀 수 없는 꿈처럼 가슴 저리게 그리워할 때가 있다.

작년 가을, 수원구치소를 방문했을 때다. 예배 중에 만난 젊은이. 그날은 북수원감리교회 여선교회원 십여 명이 수원구치소에 예배드리러 가는 날이었다. 북수원감리교회에서는 분기마다 선교회별로 그곳을 방문하여, 수인(囚人)들에게 간식을 전달하고 예배도 함께 드린다. 예배드리는 곳까지 들어갈 때는 방문자 모두의 신분증과 소지품을 출입구 경비실에 맡겼다. 그리고 임꺽정의 주먹만 한 자물통이 물려있는 육중한 철문을 넷씩이나 통과했다. 그때마다 긴 총을 메고 동상처럼 서 있는 경비원의 칼끝 같은 눈길도 받았다.

그날 목사님이 기도하시는 중에 뒷자리에서 한 총각이 훌쩍거리기 시작했다. 그 소리는 점점 커져서 통곡으로 바뀌었고, 그는 예배가 끝날 때까지 하염없이 울었다. 예배드리던 모두는 눈물바다를 이루었다. 그 순간 거기에 모인 사람들의 감정은 물꼬를 잃고 하나로 뒤엉켰다.

그는 갓 스물을 넘은 듯했다. 키도 훤칠하고 얼굴은 가수 '비' 같았다. 또래들과 함께 영화도 보고 축구도 하며, 다랑어처럼 물이랑을 싱싱하게 굽이쳐야 할 나이이다. 그런데 어떤 잘못으로 일행에서 솎아져 나왔을까. 젊은이의 통곡 소리는 며칠 동안 귓전을 맴돌았다. '내 안의 허물도 만만치 않을 텐데….'

그 푸른 옷의 젊은이, 언젠가는 그것을 벗고 일상으로 돌아가겠지. 오늘 솎아내어 밭둑에 잠시 내쳤다가 다시 심은 상추처럼.

2018.06.

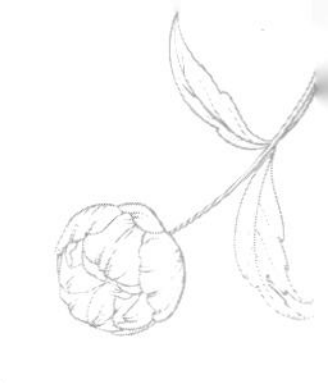

단 감

:: '아삭.' 한 입 베어 문다. 조청 같은 단물이 입 안에 고인다.

순천 둘째 동서가 단감을 두 상자나 보냈다. 주먹만 한 단감들이 오열 종대, 네 겹으로 사열하는 장병들 같다. 비좁은 상자 안에서 서로 누르고 눌렸어도 그러려니 한다. 화엄사 대적광전의 비로자나불 같은 얼굴들이다.

고만고만한 감들이 형제자매인 양 모두 닮았다. 둥그스름한 북방형이다. 정수리 옴막한 곳엔 씨눈 같은 점도 있다. 아마도 지난봄 뻐꾸기 울음소리 따라 감꽃이 진 자리일 것이다. 흡사 생후 일주일 만에 말라 떨어진 손주들의 배꼽 같다. 그 배꼽 주변의 진주황색은 서녘 하늘을 통째로 품은 듯, 퍼지는 노을을 주체하지 못한다.

단감을 귀에 대어본다. 갈바람에 사운거리는 순천만 갈대들의 이야기가 들린다. 그 바람으로 몸피를 불린 단감, 손녀 정원이의 손등처럼 토실하다. 감나무 가지에 너울처럼 감겼던 햇살 냄새도 난다. 단감은 폭우처럼 쏟아지던 가을볕의 잔열로 아직도 뭉근하다. 동서를 맞선 보던 다방에서 처음 봤을 때 잡은 손의 온기 같다.

31년 전, 스물여섯 살 감꽃 같던 그녀를 처음 만났다. 순천의 어느 다방에서였다. 서른세 살 둘째 시동생 맞선보는 날이었다. 그녀는 갸름하고 배꽃 같은 얼굴에 키는 호리낭창하고, 연보랏빛 투피스 차림이었다. 순천 죽두봉 오르막길 옆에 지천으로 핀 싸리꽃 같았다. 당사자보다 내가 먼저 그녀에게 말굽자석처럼 마음이 강하게 끌렸다. '시동생도 제발 내 마음 같으면 좋으련만.' 조바심이 났다. 스무 번도 넘게 선을 본 노총각. 이번엔 이 처녀 놓치면 안 되는데…. 그날도 시동생은 자신만만한 표정으로 고개 숙이고 있는 처녀를 주시했다. 벙어리 냉가슴 앓듯, 나는 시동생에게 OK 하라고 사인을 거푸 보냈다.

그때는 맞선을 볼 때 중매쟁이가 다리를 놓고, 주로 다방에서 만났다. 그래서인지 순천뿐만 아니라 조금 번화한 시내에는 한 집 건너 별다방, 장미다방, 복다방, 은하수다방들이 줄을 지었다. 주인공인 처녀 총각은 가족 대표 두셋을 조연으로 대동했다. 조연들이 더 요란했다. 시어머니 모시고 읍내 미장원에도 갔다. 머리 고데기 하고 후까시 넣고, 장롱에 구구려 있던 나들이옷도 곱게 다려 입었다. 어머님의 구릿빛 얼굴에 분단장하느라 구슬땀을 흘렸다. 까맣게 탄 볼에 분첩을 아무리 여닫아도 희뿌연 회색이다. '대강 해놔라. 그런다고 나무 양판이 쇠 양판 된다냐.' 하면서도 손거울을 자꾸 들여다보는 칠순의 어머니, 그녀는 분명 달뜬 맘으로 외출을 앞둔 여자였다.

"오늘 양가에 좋은 날인가 봐요."

올림머리 마담이 커피 한 잔씩 돌리고 나면, 입담 좋은 중매쟁이는 양가의 내력을 뻥 튀기기도 하고 양념도 해서 맛깔나게 소개했다. 잠시 후에는 처녀 총각만 남기고 조연들은 이 핑계 저 핑계로 자리를 떴다. 남은 두 청춘이 나눈 이야기는 두고두고 두 사람만의 비밀이었다. 그날 오후에 느지막이 돌아온 시동생의 환한 낯꽃에서, 성사(成事)라는 글자를 읽었다.

싸리꽃 같은 그녀는 그날 이후 둘째 동서가 되었다. 나는 딸만 넷, 동서는 아들만 셋을 한 소쿠리씩 담아냈다. 감나무에서 감을 따 담듯이. 우리는 자식욕심이 많았던가 보다. 그만큼 희비 얽힌 사연도 많았다.

동서는 결혼 3년이 되어도 아이가 생기지 않았다. 함평 나의 친정 동네엔 아기 잘 낳게 한다는 한약방이 있었다. 거기 가서 진맥하고, 한약 두 제를 먹은 후에 거짓말처럼 두꺼비 같은 아들 형제를 내리 낳았다.

출산의 고통을 잊을 만했을 때란다. 동서의 아랫배에 몽우리 같은 게 잡혔다. 그래서 동서는 약국으로 달려가 회충약을 달라고 했다. 약사는 약을 주려다 말고 동서를 빤히 쳐다보더니, "이 약이 아니고, 빨리 산부인과로 가보라."라고 했다. 그게 바로 셋째 아들이었다는 것이다. 순진한 건지 무심한 건지.

남들은 딸만 넷인 나에게 샘나지 않느냐고 했다. 하지만 결코 아니다. 내 아들처럼 옹골지다. 요즘 훤칠하게 자란 건실한 조카 셋이 큰엄마라고 부르면 무등산의 입석대처럼 든든하다.

자그마한 동서의 체수 어디에서 따땃한 인정이 그리도 번지는지.

오대양 육대주를 채울 만하다. 가을이면 여기저기로 택배 보내기에 바쁘다. “단감, 고구마 올라가요~.” 김장 때면 어려운 형제에게 천리 길도 불사하고, “막내동서야 김치 올라가네.” 하면서 포장하기 어려운 김치까지 부치는 그녀다.

착하고 무던한 그녀에게 시샘하듯 예고 없이 불청객이 찾아왔다. 그녀의 남편인 시동생이 10여 년째 불치병을 앓고 있는 것이다. 맞선 보던 자리에서 그토록 당당하던 시동생인데 어쩌다가. 동서는 몸과 마음이 고되지 않을 리 없는데, 힘들지 않을 리 없는데, 늘 괜찮다고 한다. 차라리 힘들다고 넋두리라도 하면 시원하련만….

매사에 긍정적인 동서. 삶은 팍팍하지만 반짝이는 유머가 짱이다.

“남정네들 얼마나 힘이 센지, 다음에 늙으면 보자고요.”

가부장적인 남편들에 눌려 사는 오동서가 포복절도, 좁장한 부엌방을 아주 들었다 놓는다.

오늘도 단감의 면면에서 동서의 걸쭉한 유머들이 튀어나온다. 이런 동서를 보면 김주영 작가의 「객주」에 나오는 보부상 생각이 난다. 평생을 등짐과 함께 길 위에서 사는 그들이지만, 가족에 대한 책임감이 등에 얹히면 천근만근 무거웠고, 사랑이 얹히면 발걸음이 새털처럼 가벼웠다는….

행복이란 자신이 가지고 있는 생각의 방향에 따라 움직이는지도 모르겠다. 단감처럼 서근서근한 동서의 웅숭깊은 노랑이 지금의 긴 터널을 잘 통과하는 동력이 되었으면 좋겠다.

2017.12.

모로 가도 서울로 간, 굴뚝

"됐다. 연기가 잘 빠지네?"

난생처음 야외 화덕을 만들었다. 설레는 마음으로 아궁이에 첫 장작불을 모았다. 삐뚜름한 굴뚝이 몽글몽글 햇솜 같은 연기를 토해낸다. 불꽃은 강원도 은티재 사과밭의 홍옥빛으로 탄다. 젖은 황토가 달구어지며 익어가는 흙냄새가 온 마당에 뭉근하게 스민다. 평창 동계올림픽 성화보다 더 감동을 준다.

딸들이 어릴 적 시골에 살 때다. 아궁이 앞에 앉아 불을 때면, 지지고 볶던 잡념은 갈바람에 풀잎처럼 자분자분 누웠다. 장작 타는 소리는 법문처럼 그 위에 내려앉고, 내 안의 나를 만나 조용히 손을 잡았다. 장작불은 부모 같은 밑불이 있기에 자식 같은 윗불이 잘 탄다. 제 자식 길러내며 생색내는 부모가 없듯이, 밑불은 윗불을 받쳐주며 자신을 태우다가 윗불이 더 환한 불꽃으로 필 때 조용히 스러진다. 법문 같은 장작불 타는 소리에 짧지만 긴 시간 붕새의 날개 밑을 유영하고, 밥 타는 냄새에 혼비백산해서, 잉걸불을 끌어내어 바가지 물로 파삭 죽이던 때가 있었다.

그런 기억 때문에 장독대 옆, 인절미 귀볼기만 한 땅에 야외화덕을 앉혔다. 마침 집을 짓고 남은 파벽돌과 몰탈 다섯 포에 겁 없이 일을 버물었다. 그런데 기초부터 막힌다. 쉽지 않다. 세상일이 어디 마음대로 다 되던가. 작업을 중단하고 네이버를 뒤진다. 반갑다. 화덕을 만든 사람들이 나 같은 얼치기를 위해서 그 과정을 이미지까지 오롯이 올려놓았다. 먹물 같은 밤길에서 이정표를 만난 듯하다.

네이버 선생의 말대로 기초 잡기 전에 가마솥을 먼저 준비하였다. 그 솥 직경의 반지름으로 바닥에 동그라미를 그렸다. 몰탈을 반죽해서 둥글게 돌려 쌓기로 자리를 잡았다. 금세 다 된 듯했다. 어려울 줄 알았는데 끝난 것 같다. 교만한 마음이 든다. 금방 또 벽에 부딪혔다.

아궁이는 앞이마와 굴뚝 만드는 일이 가장 어려웠다. 굴뚝 모서리는 벽돌을 적당한 크기로 잘라야 딱 맞을 텐데, 절단기가 없으니 재단할 수가 없다. 미친년 속곳처럼 들쭉날쭉하다. 파벽돌을 이리저리 돌려봐도 이가 딱 맞지 않는다. 굴뚝은 앞쪽으로 꾸부정하게 올라간다. 내 굽어가는 허리처럼…. 하지만 온 가족 앞에서 시작한 일인데 중단할 수는 없지 않은가. 손재주라고는 없는 남편이 도와주기는커녕 간간이 쪽박을 깬다. 어렵사리 만들어놓은 부뚜막이 너무 높다느니 사사건건 마뜩잖아 한다. '그러니 어쩌라고.'

포기하면 바위처럼 굳어버린 부뚜막을 어떻게 떨어낸단 말인가. 며칠 동안 자나 깨나 화덕 만드는 일이 머릿속을 맴돌았다. 밤에도 나가서 화덕 주변을 서성였다. 글쓰기에 이렇게 몰입했다면 아마도 불후의 명작이 나왔을 것 같다.

화덕 공사는 근 보름 만에 끝을 맺었다. 창고 일을 하러 온 아저씨가 아궁이를 보고는 세상에서 하나뿐인 화덕을 잘 만들었단다. 칭찬인지, 놀림인지 어지럽다. 내열 벽돌이 아니라서 아궁이 안을 황토로 두껍게 발라주라는 팁까지 준다. 그런 먼 사람이 있는가 하면 아주 가까운 이런 사람도 있다.

"어이구, 이게 뭐야. 피사의 사탑도 아니고?"

외출했다 돌아온 남편이 삐뚜름한 굴뚝을 보며 핀잔이다. 동네사람들이 보면 포복절도하겠단다.

"모로 가도 서울만 가면 됐지. 뭘 그래요?"

굴뚝 세우느라 종일 골몰했던 내 대답이다. 우리는 40년을 함께 살아도 늘 이렇다. 서로에게 칭찬은 자린고비다. 그런데 신기하게도 단독주택을 짓자는 데는 의기투합했다. 그러나 시공부터 준공까지 8개월간 숱하게 싸웠다. 아마도 결혼생활 40년 동안보다도 집 짓는 여덟 달 동안에 더 많이 티격태격했던 것 같다.

그런데 해가 서쪽에서 뜰 일이다. 가까스로 만든 화덕을 보고 핀잔을 주던 남편이 팔을 걷었다. 그가 평소에 산책하던 뒷산에서 황토를 파 왔다. 그리고 기특하게 반죽까지 해주었다. '진작 좀 그럴 일이지.' 몰탈이나 황토 반죽을 해본 사람은 그 일이 얼마나 힘든지 알 것이다. 적당량의 물을 먼저 통에 붓고, 몰탈 가루를 나중에 넣어 이겨야 한다는 것도 이번에 알았다. 반대로 가루를 물보다 먼저 넣으면 뻑뻑해서 치대기가 힘들고, 눅진한 반죽을 기대할 수 없다.

일취월장. 남편은 둘째 사위와 함께 아궁이 옆에 땔감 나뭇간 지붕까지 만들었다. 그런데도 난 무슨 심보인지 고맙다는 말이 나오지 않았다. 칭찬에 인색하기는 피장파장이다.

부뚜막에 올라앉은 까만 무쇠솥. 이제야 제자리를 찾는다. 며칠 동안 땅바닥에 우두커니 앉아 있을 때와는 품위가 다르다. 세상 만물이 다 그럴 것이다. 있어야 할 자리에 있어야 조화롭다. 밥알이 밥그릇에 담겨 있을 때와 수챗구멍에 뒹굴 때와는 천지차이인 것처럼. 사람은 더더욱 그렇다. 그 자리에 딱 맞는 사람이 앉아야 한다. 요즘 정치권을 보면 전문성도 없이, 공신(功臣)이라는 명패 하나 들고 낙하산 줄을 타는 인물들이 많다. 온 나라가 시끌벅적하건만, 정작 당사자들은 마이동풍이다.

축포처럼 솟구치는 연기 속으로 아스라한 시공(時空)을 넘어서, 친정어머니의 숨 어린 바람이 묻어온다. 친정어머니는 마당가에 큰 돌멩이 몇 개 놓고 진흙을 이겨 붙여, 아궁이를 뚝딱 만들었다. 그 아궁이는 모 심고 타작할 때, 서리태 콩밥 한 솥씩 거뜬히 해냈다.

그때 맨손으로 진흙을 이기던 어머니의 생강 같은 손마디가 오늘 불꽃 위에 어린다. 그 손으로 사래 긴 밭을 매고, 온 밤을 초롱불에 태우며 베틀의 북을 나르고…. 두 손은 어머니의 생애에 가장 요긴한 밑천이고 연장이었다. 황토 익어가는 아궁이에 불을 지피며, 어머니가 살고 가신 마음의 세상까지 두둥실 떵닌다.

기우뚱한 굴뚝에서 구름 같은 연기가 자주 오르겠지. 나무주걱으로 뽀독뽀독 문지른 구수한 누룽지 냄새가 뜰에 퍼지고, 함박눈 내리는 날엔 고구마를 한 솥 쪄야겠다. 이런 소소한 것들이 디지털 시대의 건조한 삶을 촉촉하게 적실 것이다. 키 낮은 울타리 일곱 지붕, 봉무리 사람들과 아날로그적 이웃 정을 나누어볼 참이다.

2017.11.

쪽파밭

"워매, 요 이쁜 것들!"

쪽파가 여린 잎을 내밀고 있다. 짚북데기 밑 여기저기, 빙판 위의 선수들처럼 치열한 경쟁이다. 어떤 잎은 한 치쯤 더 길다. 마치 평창동계올림픽에서 결승선을 먼저 찍은 이승훈의 스케이트 칼끝 같다. 흙살을 빠드득 밀고 나오는 소리도 요란하다. 빙속 선수들의 거친 숨소리 같다.

지난 가을에 대가리가 단단한 쪽파 씨를 골라서 텃밭에 심고 검불을 덮어주었다. 봄비가 멎은 뒤에 궁금해서 들춰본 지푸라기. 그 밑에는 새로운 세상이 펼쳐지고 있다. 호미 끝이 튈 정도로 얼어버린 흙 속에서 숨죽이고 있던 애들이 아닌가. 땅속 빗장을 어떻게 열었을까? 봄비가 도왔을까? 아마 무명이불 같은 짚북데기도 한몫했을 것이다.

파밭을 나나들이처럼 드나드는 살랑비람은 해찰하는 보슬비의 잔걸음을 재촉했을 것이고. 공치사 없어도 손발 맞춰 제 할 일을 다 하는 하나된 자연의 섭리라니…. 지난겨울, 몇십 년 만에 찾아온 추위라며 호들갑을 떨었던 우리. 이들 앞에선 그만 똑똑한 입을 닫아야 할 것 같다.

앞으로도 이 애들을 먹이고 씻겨서 키워낼 이는, 씨를 심은 내 손이 아니라, 아마도 비와 바람과 볕이 다 해낼 것 같다. 나도 한 줄기 비가 되어 매화 꽃잎 뒤덮인 섬진 강가로 스미고 싶다. 강둑에 달맞이꽃 흰 떨기 노랗게 피우는 수액이 되어도 좋으련만…. 몸 안에 촉촉하던 물기는 시나브로 마르고, 가랑잎 같은 마음이 파밭에 내리는 이슬비에 젖는다.

겨울 동안 유예되었던 삶을 다시 이어가는 이 작은 생명들. 그들의 까치발 소리가 그저 경이롭다. 지구 한쪽을 거뜬히 밀어올리는 쪽파의 새순, 삼손 같은 그 힘은 대체 어디서 나오는 것일까? 인간이 만물의 영장이라지만, 자연 앞에서 순치(馴致)될 수밖에 없는 나약한 존재인 것을. 한 뙈기 파밭을 일구었다고, 마치 그 일을 내가 다한 것인 양 뿌듯해하며 으쓱했던 소인배이다. 거인 같던 한 길 몸뚱이가 겨자씨처럼 작아진다.

파싹 마른 씨를 가슴에 품었다가 새움을 틔어낸 흙살을 만져본다. 아직은 얼부풀어서 그 옛날 어머니의 등처럼 푸석하다. 물에 젖은 북어 껍질 같던 어머니의 등피. 거기에 손 갈퀴질을 하던 열 살 막둥이. 그 꼬막손은 반백 년 저 너머에 있다. 그때 모녀의 살갑던 시간이 낚시 끝에 팔딱이는 참붕어처럼 수면 위로 떠오른다.

"아따, 시원허다. 그래 거그, 더 씨케 긁어라."

어릴 적에 어머니의 등을 긁어드릴 때다. 탄력 없는 등에는 손자국이 벌겋게 나는데도 연신 더 긁으라 하셨다. 어머니처럼 살갗이 까칠해진 지금에야 그 맘을 알 듯하다. 물 내린 가을 나무 같은 내 등이 가려워지기 시작하는 요즘이다.

그때는 콩밭에만 마음을 둔 한 마리 까투리였다. 엄마 등은 슬렁슬렁 긁고, 몽글몽글한 엄마 젖 만질 궁리만 했다. 어머니가 마흔네 살에 낳은 늦둥이. 그래서인지 젖배를 곯았고, 오빠 언니들이 다 먹어버린 엄마의 빈 젖을 초등학교 입학할 때까지 빨았다. 다 큰 애가 창피하다는 언니들은 이마에 꿀밤도 많이 먹였다. 그렇지만 그때 엄마의 포근한 살 냄새는 반백 년이 지나도록 입 안에 맴돈다.

저어새의 목 같은 호미를 든다. 얼부풀어 들뜬 흙살을 엄마의 등처럼 긁어준다. 하얗게 뒤집어진 파 뿌리는 바로 세우고 북을 해준다. 얼어붙은 흙 속에서 시린 발을 얼마나 힘주어 모았을까. 발부리에 쥐가 나도록 버티고 선 어린 쪽파 옆에서 내 발이 저리다. 흙이 녹으며 더러는 벌렁 뒤집어졌다. 무명실 가닥 같은 맨발들을 추켜들고, 때 이른 봄바람에 또 얼고 있다. 흙 위로 돋은 새움보다 뿌리가 더 길다. 번뇌초 같은 실뿌리 속에 올올이 눌러 담고 있던 새하얀 숨을 토한다. 그 숨이 햇솜 구름에 닿은 듯, 하늘은 온통 드넓은 목화밭이다. 차가운 실뿌리를 흙 속으로 아며 넣는다. 그 옛날 빈 젖을 물고 잠든 나를 어머니가 무명치마로 살포시 덮어주던 것처럼. '에고고, 간지러워.' 호미 끝에서 자지러지는 흙살의 비명이 봄볕 아래 흩어진다.

어제 불을 땐 아궁이에서 원기소 같은 재를 한 소쿠리 퍼 내온다. 고랑마다 몇 줌씩 먹여준다. 새끼제비 같은 이파리들이 부리를 쫙쫙 벌린다. 추위를 잘 이겨낸 이 아이들에게 아낌없이 주고 싶다. 흙살이 다 풀리면 맛난 부엽토 보양식이라도 배불리 먹여야 할 것 같다.

한 치 키를 자랑하는 쪽파 정령(精靈) 하나가 호미 끝에서 외친다. “아따, 시원해유.” 이랑을 스치는 녹색 바람에 꼰지발을 세우고 기지개도 쭉쭉 켠다. 외출했다 돌아온 딸 앞에서 기가 펄펄 살아나는 손주 정원이 정민이처럼.

가렵던 내 등짝이 시원하다. 이 자그마한 쪽파들이 우주의 참 주인이다. 이들 앞에서 시방 누가 소유를 주장할 수 있을까.

2018.03.

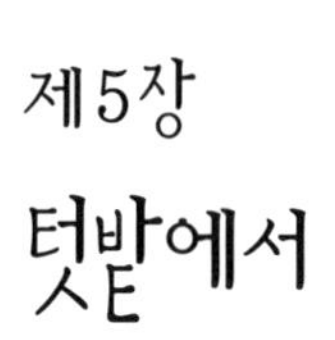

제5장

텃밭에서

끝없이 용서하는 어머니 같은 흙살에 마음껏 스킨십하는 시간이 좋다. 월척은 아니지만 글 고기도 한 마리씩은 낚아올릴 셈이다. 그리고 애벌레 같은 나의 한살이를 마치게 될 때, 조붓한 서재에서 자손들의 배웅을 받으며 우주의 태(胎) 속으로 순하게 들고 싶다. 무, 배추, 상추 씨앗들이 흙 속에 들듯이….

– 텃밭에서 중에서

콩 씨 한 말

:: 부모 세대의 평범한 가난이 아니라 고통스러울 만큼의 궁핍. 그것은 어린 자녀들에게는 이유도 모르고 견뎌내야 하는 아픔이자 슬픔이었다.

1960년대, 한국전쟁이 끝난 지 얼마 안 될 무렵이다. 전 국민이 힘들었지만, 농촌에선 그 정도가 더욱 심했다. 문화생활이나 아이들 교육은 뒷전이고, 당장 먹고 사는 문제가 참 어려웠다. 콩나물죽, 시래기죽과 쑥버무리 한 줌으로 긴 봄날의 허기를 달래야 했다.

학교에서 어쩌다가 분유 배급이라도 받는 날은, 심심하던 아이들의 입이 호강하는 날이었다. 미국의 구호품인 분유, 그 나라 아이들이 먹을 때는 입에서 살살 녹는 가루였겠지만 우리들 손에 들린 분유는 월출산 바위처럼 딱딱했다. 그래도 줄을 서서 한 덩이씩 받아들면 고소한 분유 냄새로 우리들의 허출한 속은 달뜨기만 했다. 집에 가져가서 나눠 먹기 위해선 도마 위에 올려놓고 망치로 깨야 했다. 온 방안에 튀는 분유 파편 따라 육 남매의 잔발걸음이 분주하던 날들이 있었다.

굴뚝에 연기마저 피우지 못하는 배고픔은, 그래도 남몰래 식구끼리 보듬고 참을 수 있었다. 문고리가 손에 쩍쩍 달라붙는 강추위도, 온 가족이 무명이불 하나에 발을 부챗살처럼 모아 체온을 나누며 견디었다. 옹색하고 불편해도 가족끼리니까 창피하지는 않았다. 그때 발을 모았던 풀 먹인 이불 홑청은 가슬가슬하고 들풀 냄새가 났던 것 같다. 그것은 지금도 어머니 냄새로 어슴푸레 다가오곤 한다.

초등학교 3학년 때 일이다. 5리 길을 걸어 등교하자마자 기성회비(사친회비) 미납 때문에 집으로 돌아가야 했다. 그때 일을 생각하면 지금도 귓불이 따갑다. 요즘은 대한민국이 경제 대국의 반열에 서게 되어 중학교까지 의무교육이지만, 그때는 전쟁의 폐허 속에서 나라가 비틀거리며 일어서느라 초등학교 의무교육도 이뤄지지 못했다. 특히, 기성회비는 학부모들에게 요즘의 고등학교 수업료만큼이나 부담이 되었다. 그 때문에 6학년 졸업을 하지 못하고 중도에 학업을 포기하는 친구들이 많았다. 기초생활조차 어려운 부모들은 자녀가 3, 4학년이 되어, 한글에 눈 뜰만 하면 학교를 보내지 않았다. 그때 친구 중에는 상경하여 버스 안내원이나 가발 공장에서 일하기도 했다. 일찌감치 산업전선으로 나가서 대가족 식구(食口)의 입을 덜어냈던 것이다.

학교에선 학교 운영을 위해서 기성회비를 걷었다. 학교도 가난하기는 매한가지여서 교실과 선생님이 태부족이었고, 교육 자재는 말할 것도 없었다. 풍금 한 대가 십여 교실을 옮겨 다녀야 했으니….

학교에선 기성회비 걷는 일로 교장은 날마다 선생님들을 닦달했다. 선생님들은 기성회비 납부 실적을 위해서 조회시간과 종례 시간도 모자라 수업을 제쳐놓기도 했다. 교장이 교직원 회의에서 선생님들에게 그랬던 것처럼, 선생님은 학생에게 기성회비를 독촉하는 도미노 현상이 일어났다. 교장실에선 어느 반이 빨리 완납하는지 그래프까지 그려놓고 점검을 했다. 그러하니 담임선생님은 아침에 수업도 시작하기 전에 기성회비 미납자 이름을 불렀다.

교실 밖으로 내쫓기던 그날의 창피와 설움은, 반세기가 지난 지금도 가슴에 누름돌처럼 얹혀있다. 집으로 유턴하여 뙤약볕에 김매는 엄마에게 졸랐으나 허사였다. 느티나무 그늘만 한 땅뙈기 몇 개 부쳐서 일곱 식구가 살아가던 그 시절, 엄마의 삼베 속바지 안주머니에 돈이 담겨있을 리 만무했다. 그날 학교로 가기는커녕 밭고랑에 주저앉아 칭얼대다가, 여름날 엿가락 같은 해를 서산으로 꼴딱 넘겼다.

다음날 아침에 학교엔 가고 싶은데, 빈손으로 가서 고드름 장아찌 같은 선생님의 얼굴을 뵐 수가 없었다. 책보를 등에 멘 채, 짱짱한 햇볕에 달궈진 함석사립문 옆에 섰다. 머루알 같은 눈에는 실바람 한 올만 건드려도 투둑 떨어질 것 같은 눈물이 맺혔다. 그날 엄마의 마른 삼대 같은 가슴이 얼마나 버석거렸을까. 사립문에 매미처럼 붙어서 진종일 운다고 어제 없던 돈이 오늘 당장 어디서 나올까? 마당에서 파란 돈 이파리가 뙈기밭 청보리 싹처럼 돋아나는 것도 아니고….

보다 못한 엄마는 들고 나서던 호미를 마당 가운데 던져놓고, 캄캄한 광으로 들어갔다. 며칠 후면 뒷밭에 심으려던 메주콩 씨를 자루째 들고 나왔다. 사흘 밤을 새워가며 소반다듬이해 놓은 콩 씨였다. 엄마는 망설이지 않고 두 집 건너 이장 집으로 이고 갔다. 풀꽃 같은 집들이 50여 호 피어있는 동네에서 돈이 있을 만한 집은 그 집뿐이었던 것 같다.

"순금이 어매, 이 콩 좀 돈 사주면 좋겄네. 우리 막둥이가 사친회비 때문에 학교에 못 가고 저리 울고 섰네."

마음자리가 늘 따뜻하던 이장 댁에게 부탁하는 엄마의 음성이 수숫대 울타리 위로 넘어왔다. 엄마의 갈퀴손으로 눈물 훔친한 꼬막손에 쥐여 준 1,500원! 엄마를 주름지게 한 건 세월이 아니라, 평생 배움의 갈증으로 허덕이던 나의 눈물이었으리라.

엄마는 그 해에 콩 농사를 어떻게 지어서 가을걷이를 했을까? 그 가을에도 마당 가득 콩 타작을 여전히 했다. 둠벙만 한 가마솥에 콩을 삶아 메주도 쑤었다. 메주는 영광 불갑사의 연등처럼, 처마 끝에 줄지어 낭창하게 달렸다.

콩 씨 한 말 이고 이장 집으로 내달리던 엄마의 하얀 무명치마….
세월이 흐를수록 봉숭아 꽃물처럼 명치끝에 붉게 물든다.

2016.06.

인감도장

:: 인감도장을 손에 쥐어 본다. 조약돌처럼 반드럽다. 귀에 대어본다. 작은 몸피에서 박달나무 숲을 흔드는 잔바람 소리가 솨~솨~ 들리는 듯하다. 울연한 숲의 바다에 쏟아지던 은비늘 같은 햇빛 냄새도 훅 배어난다. 무성한 초록 잎에 쏟아지던 여름날의 시원한 소나기 소리도….

내게는 요정 같은 친구가 있다. 이 친구는 결정적인 순간에 나를 대신해서 일을 깔끔하게 마무리해준다. 자그마한 나의 분깃을 깔축없이 지켜주는 동반자다.

장롱 서랍을 정리하다가 닳아진 목도장과 만났다. 평소에는 손가락만 한 집 속에 조용히 들어앉아 있다. 내가 불러주기만 기다리는 아이이다. 작은 몸은 흡사 옹기장이의 손길을 스친 듯 매끈하다.

요정 친구는 늘 내 곁을 지킨다. 단칸 월셋방에서 두 칸 방의 전세로, 그리고 제비집만 한 내 집을 마련하고 한 뼘씩 넓혀서 여기까지 오는데 40년. 계약서를 쓸 때마다 내 이름 옆에 새색시 연지처럼 마무리 볼터치를 해준다. 요정은 그때마다 '잘했다. 장하다.' 하고 정작 나보다 더 기뻐하며 힘을 보탠다. 그런데 어쩌다 부부싸움이라도 하는 날엔 천부당만부당한 소리는 하지 말라며, 순천만 개펄의 짱뚱어처럼 펄펄 뛰기도 한다. '도장 찍으면 끝나다니 그게 무슨 소리냐고, 그런 일에는 볼터치를 죽어도 해 줄 수 없다.' 하며.

결혼하고 십 년 만에 셋방을 면하고 전라남도 여수시 율촌면에 스무 평 아파트 계약을 앞둔 날이었다. 복덕방 아저씨가 준비하라는 계약금과 신분증은 준비했는데 도장이 없었다. 혼인신고서에 찍었던 막도장은 그동안 메뚜기처럼 이사 다니는 중에 자취를 감췄다. 혼인신고 후에는 십여 년을 도장 없이도 살아가는 데 별 지장이 없었다. 도장 찍을 일이 없는 단출한 살림이었으니.

내 집 마련한다는 달뜬 마음이 민들레 꽃씨처럼 날아서 나보다 먼저 도장 새기는 집 앞에 섰다. 돋보기를 코끝에 걸친 아저씨가 내놓은 여러 가지 중에 똥짤막하고 둥그런 박달나무 도장이 눈에 들었다.

이름 석 자와 새길 인(印)자가 새겨진 박달나무 도장은 첫 번째 우리 집 매매계약서 이름 옆에 나붓이 내려앉는다. 인주 냄새 배어든 빨간 날인이 해풍에 날아온 해당화 꽃잎처럼 곱다. 전세방 계약서에 찍혔던 날인과는 또 다른 뿌듯함이 도장 끝에 묻어난다. 내 집 스무 평 아파트의 무게가 손가락만 한 목도장에 무겁게 실린 것이다.

그날 이후 목도장은 또 다른 '나'였다. 40년의 세월 속에 시골집 툇마루처럼 닳았다. 그런데도 어떤 대가도 요구하지 않는다. 잘난 체 으스대지도 않는다. 처음 내 집 계약서에 날인하던 날의 무게감이 지금도 손끝에 묵직하다. 그렇게 믿음직한 인감도장들이 때로는 엉뚱한 사고를 칠 때가 있다. 물론 도장 스스로의 뜻이 아니라 주인이 마음대로 찍어서 그런 것이다.

인감도장은 나서야 할 곳과 나서지 말아야 할 곳을 잘 분별하지 못할 때가 있다. 나서지 않아야 할 곳에 자칫 잘못 나서면 소중한 친구나 형제 관계가 영원히 단절된다. 평생 모은 재산이 물거품이 되기도 한다.

내가 어렸을 때다. 큰오빠는 둘째 오빠의 보증 빚으로 논과 밭을 몽땅 잃었다. 온 가족은 그 대가로 빈곤의 터널을 빠져나오는데 꽤 오랜 세월이 필요했다. 큰오빠는 성냥갑만 한 단칸방에서 여덟 식구가 복닥거렸다. 어린 조카들이 포개져 잠든 모습을 볼 때면 큰오빠는 동생에 대한 마음이 자꾸만 구겨져 갔으리라. 그 마음을 어느 손다림질의 온기로 펼 수 있었을까. 마음의 주름이 쫙 펴지는 날이 오기는 할까 싶었다.

형제의 돈독하던 우애는 삭은 동아줄이 되었다. 피를 나눈 형제라도 삶의 터전을 고스란히 잃은 고통은 쉽게 아물지 않았다. 하물며 친구 관계는 말해 무엇하랴. 결국, 너그러움이나 관용은 풍요롭게 사는 사람들에게나 가능한 도덕일까? 인감도장 한 번 잘못 찍었다가, 인간관계가 풀 한 포기 자랄 수 없도록 각박해지고 만다.

인감도장의 의지가 아니라 순전히 주인의 뜻에 따라 저질러진 일이었다. 그런데도 큰오빠의 인감도장은 외양간 아궁이의 잉걸불 속에서 일생을 마치게 되었다.

요정 같은 박달나무 도장을 다시 손에 쥐어본다. 목질의 안온함이 굵어진 손마디에 스민다. 그 자그마한 체수로 우리 가족의 보금자리를 지켜낸 나무도장이 그저 대견할 뿐이다.

2015.08.

장독대

:: 우리 집 장독대에는 열아홉 친구가 오순도순 모여 산다. 주택에 살 때는 마당가에 있었다. 밤새 이슬에 함빡 젖어 있는 장독을 보면 찬물에 낯을 씻은 듯 상큼했다.

아파트로 이사하면서 볕이 잘 드는 다용도실을 장독대로 사용했다. 그곳은 동향이라서 먼저 해맞이를 한다. 한 가지 아쉬운 것은 항아리 몸에서 아침이슬을 볼 수 없다는 점이다. 고층 아파트에서 아담한 장독대를 만날 수 있는 것만도 다행이다.

장독대 가족은 춤이 네 뼘쯤 되는 항아리가 열두 개, 자배기와 반대기가 한 개씩, 자잘한 단지가 다섯이다. 시골 장터나 그릇 가게에 갔을 때, 질그릇을 만나면 옛 친구를 만난 듯 반가워서 하나씩 안고 왔다. 장독 식구는 앞으로도 점점 늘어날 것 같다. 다른 그릇에는 별로 관심이 없다. 언제부터인지 장독 욕심은 마디게 자란다. 화사한 반상기 세트, 수정 같은 유리그릇도 이런 내 마음을 앗지 못한다.

열아홉 개 중에 매실 액을 담은 누르스름한 항아리가 좌장이다. 이 항아리는 30년 전 시골 살 때 순천 아랫장터에서 간택된 물건이다. 당시 터덜거리는 시골 버스에 간신히 싣고 왔던 기억이 새롭다. 유약을 바른 듯 안 바른 듯 무광인데 몸은 거칠다. 그 거친 손맛이 어릴 때 친정집 장독대의 오지항아리를 닮아있다. 유약으로 단장하지 않고 누르스름하던 민낯의 항아리. 뒤란에서 사운거리는 댓잎 바람에 귀를 씻던 그 항아리는 흡사 친정어머니 같았다.

농네 초입에 있는 우물로 이어지는 희끄무레한 새벽길은 푸르스름한 이내로 자우룩했다. 새벽 이내를 헤치고 정화수를 이고 온 어머니의 정갈한 쪽진 머리에선 언제나 새물내가 났다. 어머니는 365일 내내 정화수를 배꽃 같은 종지에 담아서 오지항아리 앞에 곡진하게 올렸다. 그러니 어머니의 장독대는 단순히 된장, 고추장만 숙성하는 곳이 아니었다. 그곳은 어머니의 유일한 제단이기도 했다. 무논에서 날개 접는 백로처럼 하얀 무명치마 저고리 옷깃을 여미고, 처연히 두 손을 모으던 어머니. 마음 가득 열린 포도송이 같은 소원. 그 간절한 소원들은 장독 위에 겹겹이 똬리를 틀고 응답의 날을 기다렸다.

가을에 타작을 하여 햅쌀을 찧으면, 푸른빛이 도는 햅쌀을 오지항아리에 먼저 남실하게 채웠다. 햅쌀로 불룩해진 오지항아리. 그 배를 어루만지며 옹골져하던 어머니의 구릿빛 얼굴은 복사꽃처럼 환했다.

냉장고가 없던 그 시절에 장독대에 줄지어 앉은 단지들은 잡곡이나 과일을 저장하는 수단이 되었다. 하얗게 서릿발 친 감을 따서 항아리에 짚과 함께 켜켜이 담아두면 설날에도 가을 홍시의 맛 그대로였다. 참깨, 팥, 콩도 독에 담아두면 좀이 일지 않았다. 어느 단지에선 설에 만든 인절미 가래가 봄날에 장작개비가 되어 나오기도 했다.

횡재였다. 그렇게 어린 시절의 장독대는 떫은 감이 홍시가 되고, 팔팔 뛰던 파란 생멸치가 곰삭은 액젓이 되는 마술의 장소였다.

깊은 겨울 먹을거리가 동이 나고, 봄날을 맞이한 빈 독들은 허출한 우리들 배처럼 홀쭉해져 갔다. 그때부터 다음 가을까지 명주실 같은 기다림은 또 시작되었다. 요즘 아이들은 먹을거리가 숙성되어 가는 시간을 애타게 기다리지 않는다. 계절에 상관없이 먹을거리가 지천에 깔려있지 않은가. 그래서 성격들이 급해지고, 은근과 끈기를 가진 선비정신을 기대하기가 점점 어려워지는지 모르겠다.

베란다 장독대의 좌장인 오지항아리의 입은 한 뼘 반쯤 되고, 양쪽 귀는 셋째 딸의 바가지 귀처럼 옴막한 모양이다. 자그마한 원으로 시작한 입은 아래쪽으로 점점 큰 원으로 진화하다가 중앙부 불룩한 배에서 그 정점을 찍고, 다시 작은 원으로 줄어들면서 밑바닥은 처음 입만 한 원으로 마무리되었다.

기하학의 모든 도형 중에 원만큼 이상적인 형상은 없다. 그래서 가장 온화한 성품과 포용심을 드러내는 것 같다. 만물의 근원도 원에서 시작한 것은 아닐까? 모든 씨앗은 크거나 작거나 그 모양이 다 둥글고, 열매도 둥글다. 그뿐만 아니라 어머니의 자궁도 둥글지 않은가? 어머니의 자궁 같은 항아리. 나의 각다분한 삶이, 밀린 숙제처럼 그 안에 오보록이 담겨 곰삭아간다.

민얼굴의 오지항아리에 닿은 햇빛은 부시지 않고 안으로 품어내니 늘 온화하고 뭉근하다. 눈보라 치던 날, 꽁꽁 언 꼬막손을 맞잡아 비벼주던 친정엄마 손길 같은 것이다. 그러한 엄마 손의 온기는 탄력 잃은 내 손바닥에 지금도 남아 있다. 보름달이 뜨는 밤이면 항아리는 달빛을 한 아름씩 보듬는다. 최명희 작가의 『혼불』에서, 잉태를 위한 일념으로 흡월하는 여인들처럼 성스럽기까지 하다.

내년 봄에 용인에 주택을 지어 이사할 계획이다. 거실을 어떻게 꾸밀까보다는 마당의 어느 쪽에 장독대를 두느냐를 고심한다. 진열장 같은 아파트 유리창에 20여 년이나 갇혀 답답했을 이 아이들. 온갖 바람이 찾아오는 양지바른 마당가에 오종종 앉혀주고 싶다. 저 알프스의 수많은 봉우리를 스쳐온 눈바람, 필리핀 피나투보 호수의 화산 온기를 품고 온 바람, 백두산 천지의 물안개를 안고 온 바람도 만날 수 있지 않을까. 낮에는 햇볕으로 몸을 말리고, 밤이면 이슬에 목욕재계하고, 쏟아지는 별들과 소곤거리겠지. 그들의 풀꽃 같은 이야기를 밤새 엿듣는 재미가 오달질 것 같다. 이 아이들은 알고 있을까. 이런 꿈을….

할미가 된 지금도, 어머니 무릎에 말없이 엎드리고 싶을 때가 종종 있다. 그럴 때면 조붓한 장독대 앞에 선다. 신음에도 응답해주는 열아홉 아이들 곁에서, 질정 없이 헝클어진 마음 가닥을 올올이 추린다. 그때마다 오지항아리들은 앞장서서 고향집 뒤란으로 이끌어준다. 환영을 따라가다 보면 신산하던 마음들이 항아리 위에 가지런히 눕는다.

2016.04.

포대기

:: 총각무 같은 종아리다. 포대기 밑으로 삐져나온 아이의 꼬막 같은 발은 무엇이 그리도 좋은지 연신 까불거린다. 등에 업힌 아가 얼굴이 더없이 해낙낙하다. 엄마의 잰걸음에 포대기가 흘러내려도 매미처럼 딱 붙어서 궁둥이까지 들썩거린다.

며칠 전, 오산 오색시장 어물전 앞에서였다. 포대기를 받쳐 아이를 업은 새댁을 보았다. 요즘 보기 드문 풍경이다. 까무잡잡한 피부에 눈썹이 짙은 그녀는 아마도 동남아인 같았다. 틀어 올린 머릿결은 먹물에 담갔다 꺼낸 듯하고, 얼굴은 뭉친 청국장 덩어리처럼 동글납작했다. 자녀들을 포대기로 키웠음직한 시장통 아낙네들이 신기한 듯이 모두 그녀에게 눈길을 주었다.

30여 년 전의 내 모습 같다. 저 아이 엄마처럼 막내를 업고 순천 오일장에 다니곤 했다. 예전엔 아이 업고, 양손에 보따리 들고 길을 걷는 여인들을 많이 볼 수 있었다. 그런데 요즘에는 '어느 시대 엄마일까?'라고 할 정도로 생소한 구경거리가 되어버렸다.

'그래, 나도 손주 업어주던 포대기가 있었지.' 장롱 선반 위에 다소

곳이 앉아있는 연분홍색 누비포대기를 꺼낸다. 외손주인 정원이와 정민이를 이 포대기로 간간이 업어 재웠다. 이제 두 아이는 업을 수 없을 정도로 자랐다. 하지만 셋째 딸과 막내딸이 결혼하여 손주를 낳으면 짬짬이 업어주려고 챙겨두었다.

포대기의 누비 땀마다 그때 정원이 정민이가 자라며 누에처럼 변하던 모양이 깃들어 있다. 까르르 웃음소리도 배어난다. 잠투정이 심했던 정원이는 유모차보다는 포대기를 받쳐 등에 업으면 까무룩 잠들곤 했다. 자장가 두어 소절 부르면, 아이의 고른 숨소리가 금방 들렸다. 아이가 내 등에 코를 박고 잠이 들면, 웬일인지 신산하던 내 마음이 안으로 자분자분 들어앉아 가지런해졌다. 조손 간의 합일(合一)을 이루기라도 한 것처럼.

곤히 잠든 손녀를 업은 채, 딸 넷을 오불고불 키우던 30대로 향해 세월의 물살을 은어처럼 거스르곤 했다. 딸들을 업고 집안일을 하면서 아이가 단잠을 깰까 봐 내려 눕힐 수 없던 날들이 엊그제 같다. 아이는 달게 자고 나서 볼그레한 얼굴에 배시시 미소로 꽃등을 달았다. 세상에서 가장 고운 꽃등은 고단하던 내 안까지 환하게 비추었다. 포대기는 이렇듯 네 딸들이 자라는 길목에서 빼놓을 수 없는 보물이었다. 딸들도 아이를 가끔씩 업었다. 그럴 때면 아이는 포대기 밑으로 줄줄 흘러내렸고, 포대기는 매미 허물처럼 딸의 허리에 맴돌았다.

오늘 오색시장에서 포대기로 업은 아이를 주체하지 못하던 딸 같은 젊은 엄마를 본 것이다. 그녀가 참 가상스럽고 고마운 마음이 드는 것은 왜일까. 다가가서 포대기를 야무지게 받쳐주고 싶었다. 종종걸음하는 아기 엄마가 무안해할까 봐 생각을 접었지만, 집에 와서도 눈에 아른거린다. 엄마와 아기의 꼭 닮은 쥐눈이콩 같은 눈동자와 산딸나무 꽃잎 같은 눈의 흰자위가….

아이들을 업고 걸리던 내 모습이, 오색시장에서 만났던 아기의 고사리 발끝에 아슴아슴 매달려 나온다. 그때는 유모차 없이 네 딸 모두 포대기로 키웠다. 띠나 포대기로 업어 재우고, 나들이도 업고 했다. 칭얼대던 아이도 업기만 하면 눈물도 마르지 않은 얼굴을 등에 대고 스르르 잠이 들곤 했다. 아이를 등에 질끈 업으면 내 두 팔은 자유로워서 기저귀 빨래도 하고, 식사준비도 할 수 있었다. 그러니 포대기 끈이 마른 무청 줄기처럼 나달거리도록 업을 수밖에.

겨울에도 외출할 때 업고 나가면 나와 아이의 체온이 합해져 포대기 속은 더없이 훈훈했다. 그래서 업었던 아이를 내려 기저귀를 갈아줄 땐 젖은 기저귀에서 떡시루처럼 김이 올랐다.

아이는 업힌 엄마 등에서 엄마의 심장 소리를 느낀다고 한다. 아기의 심장 소리는 물론 엄마의 등에 닿을 것이고. 그런 모정으로 장마에 물외 크듯이 쑥쑥 자랐는지도 모른다. 어디 키만 자라겠는가. 숫자로 표현할 수 없는 맑은 정서와 영혼은 어떨까? 힘은 들지만, 이런 육아 문화가 부활되었으면 좋겠다.

주말이면 젊은 엄마 아빠가 아이를 유모차에 태우고 나들이하는 모습을 쉽게 볼 수 있다. 유모차를 180도 앞으로 돌려 부모와 마주보기도 한다. 평소에 함께하지 못하는 맞벌이 부부가 주말만이라도 아기와 눈 맞추며 정을 주려는 마음이 엿보인다. 그러나 유아교육학자들에 의하면 아기가 엄마와 역방향이 아니라, 같은 방향을 보며 이야기하는 것이 아이의 정서 발달에 더 좋다고 한다.

그런 면에서 우리의 포대기는 좋은 육아문화인 것 같다. 등에 업힌 아이는 엄마의 어깨 너머로 엄마의 시선을 함께 좇을 수 있지 않은가. 길을 가서나, 일을 하면서도 아기와 소통할 수 있는 것이다. 엄마 중심이 아니라 아이 중심의 육아 방법이 아닐까.

엄마의 품 같은 포대기 안에서 자란 아이들, 엄마의 등 맛을 아는 아이들, 이들이 자라서 살아가는 사회는 몽골의 드넓은 초원 같지 않을까 싶다.

2018.02.

자수 놓기

∷ 바늘 끝에 마음을 모은다. 모아진 마음을 한 땀씩 놓아간다. 실오라기 같은 바늘 끝에서 새 움이 돋는다. 줄기가 뻗고 꽃이 핀다. 천 조각 민얼굴에 그린 희미한 밑그림이 또렷한 형상으로 바뀌어 갈 때면 감히 창조자라도 된 듯하다.

초등학교도 들어가기 전이다. 함박눈 쌓이는 소리 들으며 언니의 친구들은 초가삼간 조붓한 골방으로 모여들었다. 설거지를 막 끝내고 빨갛게 언 손에는 크고 작은 수틀을 하나씩 들었다. 갈래머리 땋은 열아홉 살 언니들은 등잔불 심지 돋으며 둘러앉았다. 됫박만 한 방에서 이마를 맞대다가 앞 머리카락을 호롱불 이파리에 포시시 태우기도 했다. 보리 가시만 한 바늘에 쉴 새 없이 색실을 갈아 끼우는 손들이 재바르게 움직였다. 언니들의 재미나는 수다도 재바른 손길에 못지않았다.

수틀에 팽팽하게 물린 옥양목에는 쪽빛 하늘에 뭉게구름이 둥실 떠가고, 갖가지 들꽃이 자분자분 피어나기도 했다. 세상의 어떤 화가보다도 훌륭했다. 더구나 붓이 아닌 바늘로 그린 그림이라니. 언니들은 그렇게 방석이며 베갯잇, 횃대보를 수놓아 혼수품을 장만했다.

댕기 머리 언니는 장날이면 갖가지 자수 재료를 사러 갔다. 현금이 귀한 때라서 언니는 장거리를 위해 밥 지을 때마다 좀두리쌀을 모았다. 쌀을 씻기 전에 한 줌씩 덜어서 자그마한 옹기에 모았다. 장날이면 그 쌀로 돈을 샀다. 그렇게 해서 색실도 사고 옥양목도 끊어올 때 언니의 마음은 얼마나 오달졌을까.

마술사 같은 언니들의 손끝에서 눈을 떼지 못했다. 그러다 보니 일곱 살 때부터 곧잘 언니들의 수놓는 흉내를 내기 시작했다. 자투리 헝겊에 밑그림을 삐뚤빼뚤 그려댔고, 그림 위에 불란서 색실로 엉성한 십자수를 놓았다. 언니들은 어설픈 나의 작품(?)에 박장대소하며 감동했다. 그 빤한 칭찬에 힘을 얻어 어설픈 수놓기를 포기하지 않았다.

그때부터 시작한 자수 놓기는 초등학교와 여고 시절을 거쳐 지금에 이르도록 유일한 취미다. 이 취미는 시간 날 때마다 몰입할 수 있으며, 혼자서도 할 수 있어서 좋다. 비 오는 날, 수틀을 들고 창가에 앉으면 티격태격 부부싸움으로 신산하던 마음 밭이 융단을 깐 듯하다. 세상에 이만한 친구가 없다. 아이들을 위한 기도 제목 하나씩 바늘 끝에 버무려 꽂다 보면 어느새 그 소원이 이뤄지기라도 한 듯 마음이 낙낙해진다. 기쁠 때는 갑절의 좋은 친구가 아닐 수 없다.

학창시절, 시험 기간 중에도 자수 놓는 일을 멈추지 않았다. 공부하다가 졸리면 책을 놓고 수틀을 잡았다. 꽃잎 하나, 이파리 하나 놓고 나면 잠은 멀리 달아났다. 쏟아지는 잠을 쫓아준다는 각성제 '키비'보다 효과가 좋았다.

솔잎 같은 바늘 끝이 한땀 한땀 자리를 옮길 때, 해당화가 벙글고, 아담한 초가가 지어지기도 한다. 나뭇가지에서 참새가 울고, 시냇물이 돌돌 흐르는 소리가 수틀에서 들리는 듯하다.

학창시절의 미술 시간, 그림치인 나의 붓끝에서는 변변한 꽃 한 송이 제대로 피어나지 않았다. 그런데 자수를 놓으면서 그림 잘 그리는 짝꿍의 수채화보다 더 아기자기한 풍경을 옥양목 위에 바늘로 그릴 수 있게 되었다.

중학교 1학년 때다. 여름방학숙제로 수채화 두 점이 있었다. 수채화에 자신 없는 나는 그 대신 십자수로 풍경을 수놓아 갔다. 선생님의 성함은 기억나지 않는다. 얼굴에 붉은 반점이 있던 미술 선생님께선 엉뚱한 내 과제물을 보고 "이건 가정 시간에 낼 것이 아니냐?" 하면서도 미술 실기 점수에 만점을 주었다.

자수를 놓다 보면 길가의 들꽃 한 모둠, 포물선을 그리며 떨어지는 낙엽 한 장도 자수와 연결짓는다. 화가가 그렇듯이. '저 꽃과 낙엽은 어떤 색실로 놓으며 무슨 스티치로 수놓을까?' 생각할 때마다 상상의 세계에 빠져든다. 붓으로 못 그리던 풍경도 예리한 바늘 끝으로 그려 액자에 담아놓으면 너무나 섬세했다. 내 작은 글방 벽에는 '물레방아가 있는 풍경'이 걸려 있다. 지천명을 넘어 돋보기 쓰고 수놓은 것이다. 쳐다볼 때마다 물레방아는 솔 향기 그윽한 숲 속에서 돌돌돌 맑은 소리를 내며 돌아간다. 귀가 시원해진다.

딸들이 결혼할 때는 사군자를 수놓아 차렵을 만들어주었다. 아이들은 혼수 1호라며 한여름에도 함부로 덮을 수가 없다고 한다. 장롱

안에 내쳐 잠을 재운다. 아끼지 말고 꺼내 덮으라고 해도 소용이 없다. '가보로 대물림이라도 하려나?'

꽃 한 송이, 풀 한 포기, 나무 한 그루가 씨줄 날줄 어우러진 바탕 위에 한 땀씩 피어나고 돋아난다. 세상만사도 이처럼 바늘 끝 같은 소소한 곳에서부터 버무려지는 게 아닐까.

2015.10.

몽골 청년

"피스, 뺀치, 드릴!"

배가 남산만 한 사장은 공구 이름을 알밤처럼 툭툭 던진다. 젊은이는 알밤 같은 이름들을 다람쥐처럼 맛나게 받아먹는다. 그의 손과 발은 잘 훈련된 셰퍼드처럼 빠르다. 30대 초반의 외국인 근로자다.

며칠 전, 방부목 울타리와 대문공사를 했다. 단독주택으로 이사한 지 1년 만이다. 알몸에 옷을 입히듯 허허벌판 같은 집 주변에 울타리를 두르던 날이다. 인부가 많이 올 줄 알았는데, 딱 세 사람이 왔다. 눈이 부리부리하고 배가 불룩한 사장과 몸매가 호리호리한 종업원, 그리고 몽골청년이 전부였다.

얼굴이 갸름하고 뒤 꼭지가 동글한 몽골 청년은 북방형이 아니라 남방형에 가까웠다. 눈썹은 숱이 많아서 누에 두 마리가 이마 위에서 꿈틀거리는 듯하다. 눈꼬리가 처진 듯하여 순한 인상이다. 콧대는 나지막하지만 인중이 길어서 얼굴이 갸름해 보인다. 긴장된 듯 꽉 다문 입술은 얇은지 두꺼운지 가늠하기 쉽지 않다. 구레나룻이 검실검실하다. 거기다가 키도 훤칠해서 허술한 작업복도 잘 어울린다.

그는 우리말을 전혀 못한단다. 하지만 짧은 우리 말 단어만 던지는 사장의 의도를 어떻게 그토록 잘 알아내는지 신기하다. 허둥대거나 굼뜨지도 않다. 단어 하나라도 놓치지 않기 위해 애쓰는 그의 마음이 눈에 보인다. 그는 종일 자두 알 같은 눈을 사장의 입에 모으고 이리저리 뛴다. 그러면서도 무거운 드릴로 보강토에 구멍을 뚫는 일은 그의 몫이다. 요란한 드릴 소리 속에서도 두 귀는 오로지 사장의 말을 듣기 위해 열어놓은 사람 같다. 사장이 순간순간 필요로 하는 공구를 적확하게 찾아다 손에 쥐여 준다. 구슬땀을 흘리면서도 피곤한 기색이 없다. 그저 일을 시켜준 것만도 감사하다는 표정이다.

몽골 사람들은 일생에 한국에 오는 코리아 드림을 성공의 기회로 여긴다고 한다. 그도 그럴 것이 몽골에서 괜찮은 회사원 월급이 많아야 고작 40만 원이란다. 그런데 우리나라에선 어떤가? 이들이 한국에서 몇 년 일하고 귀국하면, 그야말로 신분상승을 하게 된다고 한다. 그래서 몽골의 청년들은 브로커를 통해서라도 한국행 비자를 얻기 위해 적잖은 투자를 한단다. 그렇게 힘들게 한국에 입성한 이들에게 머리에 붉은 띠를 두르는 노사분규? 파업 투쟁? 이런 것은 아주 배부른 사람들의 일일 것이다. 일손 귀한 우리나라 중소기업에서도 언어 소통은 좀 더디지만, 노사 간에 갈등 없이 소기의 목적을 달성할 수 있어 좋은 일이고.

1960~1970년대, 우리나라 청년들이 독일의 광산이나 사우디의 사막에서 일할 때 이 청년과 같았으리라. 우리나라 사람은 어디를 가도 부지런하고 일 잘한다는 말을 많이 들었단다. 사우디 국민들 사이에

서는 “한국인들은 하룻밤 새에 고속도로 하나씩을 거미줄처럼 뽑아낸다.”라는 말이 나올 정도였으니. 무적함대 같은 우리 젊은이들 아니던가. 그 당시, 고 박정희 대통령이 이들 곁으로 날아가서, 눈물로 격려하며 힘을 보탰다는 일화는 우리의 마음을 찡하게 했다.

요즘 우리나라 실업자는 매년 늘어나지만, 단순노동이나 지저분하고 험난한 일자리는 오히려 일할 사람 구하기가 어렵다고 한다. 우리 젊은이들이 한결같이 3D 직업을 기피하기 때문이다. 몽골이나 동남아 사람들이 볼 때는 이해가 안 될 것이다. 일자리가 있는데도 일하지 않고 실업자가 많은 한국을…. 그 틈새를 외국인 근로자가 채워주는 것이다.

이들 외국인 노동자들에게 갑질하는 사주(社主)들이 종종 매스컴을 타기도 한다. 그런데 오늘 울타리 일을 하는 사장님과 몽골 청년의 일하는 모습은 마치 부자지간 같다. 사장님은 시종 미소를 띠고 조용조용했다. 몽골 청년을 바라보는 그의 인자한 눈길은 아버지의 눈길 같았다.

남자는 자기를 믿어주는 사람에게 목숨 바쳐 충성한다고 했던가. 오늘 몽골 청년의 일하는 태도는 사장과 동료에게 신뢰감을 주기에 충분할 것 같다. 거짓이나, 잔꾀라고는 조금도 들어있지 않은 눈. 윤슬처럼 반짝인다. 흡사 관광객을 등에 태우고, 시나이반도의 시내산 바윗길을 오르던 낙타의 눈망울 같다.

아침 일곱 시에 일감을 실은 트럭이 도착할 때, 세 사람이 400m 울타리와 대문 공사까지 하루에 마무리할 수 있을까 싶었다. 그런데 그들은 해가 서산에 걸치기도 전에 수십 폭의 치마 같은 울타리를 빙 둘러쳤다. 손발을 재바르게 맞춰준 청년의 공이 큰 것 같다. 허허롭던 집이 아늑하다.

자드락 같은 삶에서도 최선을 다하는 이국의 젊은이. 그의 환한 미래가 보이는 듯하다. 일과를 마치고 해거름이면 기다리는 이 없는 숙소에 깃들겠지. 그리고는 고향 하늘을 넘나들까? 우리의 서독 광부들이 가족을 그리며 홀살이의 고단함을 견디었던 것처럼.

밤새 서성이던 십만억토(十萬億土: 마음이 돌아다니는 거리)를 접고, 눈시울에 달라붙는 달치근한 새벽잠도 털어내며 일터로 뛰었을 것이다. 낙타 같은 청년. 우리나라에 들어올 때 품고 온 큰 꿈을 이루고 돌아갔으면 좋겠다. 드넓은 초원에 목화꽃 같은 게르(몽골족의 집)도 짓고. 별들이 콩자갈처럼 깔려있는 바다 같은 몽골의 밤하늘. 거기에 밤이 맞도록 끝이 없는 낚싯대를 드리워도 좋으리라.

2018.07.

홀로 밥상

:: 여고 동창생의 딸 결혼식에 갔다. 싸리 울타리에 열린 애호박 같던 친구들의 얼굴엔 세월의 그림자가 실개천처럼 주름져 있다. 사람들은 자신도 모르게 자신이 걸어온 천차만별의 세월을 얼굴에 그려내는 것 같다.

옷매무새와 머리매무새를 한껏 단장하고 나왔겠지만, 이순을 훌쩍 넘은 여인들은 왕년의 상큼하던 여고생이 아니었다. 허리와 히프가 구분 안 되는 푸짐한 몸매와 굼뜬 걸음걸이가 영락없는 할머니들인데 어쩌랴. 자녀들은 거의 결혼하여 나갔고, 벌써 반려자까지 앞서 보내고 혼자 지내는 친구도 있다.

오늘 혼자 점심을 먹으려니 문득 그 친구 말이 생각난다. 그녀는 혼자 먹는 밥상도 꼭 깔끔하게 상을 차려서 먹는다고 했다. 그런다고 혼자 먹는 밥맛이 더 있을까마는 혼자일수록 자신의 품위를 지켜야 한다며 찔레꽃 같은 미소를 지었다.

그 친구의 말에 가슴이 뜨끔했다. 혼자일수록 자신에게 더욱 엄격하게 사는 친구, 내가 혼자 먹는 밥상을 그 친구가 본다면 얼마나 황당할까. 며칠 전, 남편 없이 혼자 먹던 점심 밥상이 눈앞에 초고속으로 지나간다. 아침에 먹다 남은 찌개는 냄비째 놓고 김치통도 통째로 식탁에 나앉았다. 심지어는 밥솥까지 식탁에 양반다리를 틀었다.

10년 전에 남편과 2년 터울로 퇴직하고 난 후, 하루 세끼 거의 남편과 함께한다. 그가 어쩌다가 산행이라도 하는 날엔 오늘처럼 점심상 앞에 혼자 앉는다. 아침부터 해방감에 달떠서 하루 시간이 온통 내 것인 양 여유롭다. 남편이 이런 내 마음을 알면 많이 섭섭하겠지만, 마음에서 무거운 저울추 하나를 내려놓은 듯하다. 남편 밥상에 매 끼니 별식을 차리는 것도 아닌데, 밥상이 늘 부담으로 다가온다.

그래서 어쩌다 만나는 나홀로 밥상은 더없이 자유롭다. 고추장에 썩썩 비비거나, 찬물에 밥 말아서 풋고추에 된장 하나면 족하다. 그것도 때가 한참 기운 뒤에 챙겨도 아무 탈이 없다. 그러면서도 그 밥상이 결코 초라하다고 생각하지 않는다. 그저 자유스런 밥상을 마음껏 즐길 뿐이다.

남편을 먼저 보내고 혼자 사는 친구의 말을 되새기며 오늘은 모처럼 내 밥상을 정성껏 차려본다. 나의 격(格)을 찾아서 내가 나를 대접해보는 일이 처음인 것 같다. 소박한 밥상을 차리는 나와 맛나게 먹어주는 나. 에고가 아닌 진솔한 나와의 대면이다.

수저 한 벌을 나란히 놓는다. 반찬 접시를 댓가지 정갈하게 차린다. 없는 것 말고는 다 차린다. 김장김치, 부추 겉절이에 간장게장 그리고 쌈 배추도 갸름한 접시에 담는다. 애호박과 두부를 넣은 바지락 된장찌개가 가스 불 위에서 보글거린다.

된장찌개가 피워 올리는 김 속에 어렸을 때의 두레상이 얼비친다. 육 남매가 둘러앉았다. 가장자리가 우둘투둘 이 빠진 두레상 한가운데에 고등어조림이라도 오르는 날은 더없이 풍성했다. 어머니는 가운데 토막을 골라 육 남매 숟가락 위로 나르기에 바빴다. 두 눈을 허옇게 뜬 고등어 머리와 무 몇 조각만 어머니 몫으로 남곤 했다. 철없던 작은오빠와 나는 냄비 밑바닥에 깔린 마지막 무 조각까지 들여다보기도 했다.

요즘에는 온 식구(食口)가 함께하는 이런 훈훈한 밥상이 사라지고 있다. 주말이면 마주하던 가족 밥상마저도 각종 친구 모임 등에게 빼앗긴 지 오래다. 딸들의 말에 의하면 주말의 인맥 관리도 소홀히 할 수 없는 사회생활이란다. 우리 부부와 함께하지 못해 미안한 딸들의 애교인 줄 알면서도 이해가 된다. 인정이 메말라가는 세상에서 부모가 떠난 후에 스크럼을 짜고 살아갈 누군가의 버팀목이 필요하리라. 딸의 말도 일리가 있는 것 같다.

홀로 차린 밥상을 마치고, 셋째 딸이 아침에 내린 원두커피 한 잔 따끈하게 데운다. 커피 향이 영랑호 수면에 일렁이는 잔물결처럼 온 집안에 충일하다. 스마트폰을 열어 정지용 시인의 「향수」를 곁들인다. 은은한 선율이 염색물처럼 흐른다. 무채색인 내 마음을 잔디 빛으로 물들인다. 초원이 된 마음 밭에서 제비꽃이 다보록이 피어날 것 같니. 커피와 음악이 다할 때까지 초인종도 전화도 받지 않을 심산이다.

딸 넷 중에 둘은 출가했다. 요즘은 남은 두 딸이 아침저녁 밥상 가에서 가끔씩 얼굴 반찬이 되어준다. 머지않아 이 아이들도 둥지를 찾아 떠날 것이다. 그 후엔 남편과의 조용한 겸상이 남을 뿐.

언젠가는 부부 중에 한 사람이 먼저 떠날 것이고, 남은 한 사람은 긴 목 움츠린 황새가 되어 홀로 밥상 앞에 앉게 되리라. 절반의 가능성 중에 내가 나중까지 남는다면 그때도 오늘처럼 해방감에 달뜬 밥상을 차리고, 커피 향과 음악의 선율에 취할 수 있을까?

2015.12.

익어가는 삼오회 동창

:: 거울 속 여인이 호박에 줄을 긋고 있다. 지우고 긋기를 반복한다. 평소엔 3분이면 끝나던 작업이다. '시방 내가 뭣하고 있는겨, 그런다고 수박이 되는 것도 아닌데.' 영양가 없이 보낸 작년 연말이었다.

몇 개의 약속 중에서 가장 기대되는 외출이 바로 그날 모임이었다. 나비축제로 유명한 함평, 해보초등학교 35회 동창회 서울 경기지역 모임이다. 외국에 나가 산 것도 아닌데, 졸업 후 처음 참석한다. 50년 만이다.

그 나물에 그 밥으로 가득 찬 옷장. 간 맞는 옷을 찾으려고 한식경이나 뒤적인다. '그래, 이럴 때 다듬어보는 거지. 수박이든 참외든, 정성 들인 만큼 조금은 상큼해 보이겠지.' 꿈도 야무지다.

'반세기 만에 만나는 친구들은 어떤 모습일까? 열심히 줄을 그은 내 얼굴은 그들에게 어떻게 보일까? 긴 책걸상의 옆자리에 2년간 함께 앉았던 선비 같던 그 짝꿍도 올까?' 아침부터 달뜬 마음은 오색 풍선으로 부풀었다.

광화문광장의 '나주곰탕집'이 우리들의 열기로 후끈하다. 영하의 날씨도 조청처럼 눅진해진다. 검은 반점이 꽃처럼 피어있는 주름진 내 손등. 친구들이 청하는 반가운 악수가 민망스럽다. 나만 힘들게 살아온 게 아니었을 텐데.

"허허, 중귀밀 살던 오목이 아닌가?"

"워메, 그때 그 선행이! 놀이 고무줄 다 끊어버리며 괴롭히던?"

"아따, 그때부터 선행이가 오목이를 좋아해부렀구먼?"

종도의 한 마디에 박장대소로 쪽창 같은 마음 문들을 활짝 연다.

복사꽃 동안(童顔)은 온데간데없고, 가물가물한 흔적만 남았다. 그 희미한 흔적 가운데서 옛 얼굴을 더듬어내어 이름과 매치하느라 소란스럽다. 머리엔 너나없이 서리가 내렸다. 어린 시절, 초롱초롱 100촉광이던 눈빛들은 뿌옇게 바래 있다. 그렇지만 하얀 길들이 갈라지고 이어지던 등굣길, 그 아침의 푸른 안개가 목덜미의 잔주름에 아직 고여 있는 듯하다. 반백 년 생활 전선의 무용담들이 희끗한 머리칼 속에 고물거린다. 모두 용맹스런 개선장군이다.

졸업생 150여 명은 민들레꽃 씨처럼 사방팔방으로 흩어졌다. 가시밭도 감지덕지, 사뿐히 내려앉은 그곳에서 착상하고 야물게 뿌리들을 내렸다. 모두 인생의 꽃을 잘 피웠다. 친구들은 서로 다른 생김새만큼이나 다양한 생업에 종사하고 있다. 건축업을 비롯하여 수선집, 가방 도매업, 부동산업, 두부 공장, 택시업, 인쇄업, 보험사 등과 학교 교장, 서울시의회 의장, 호주 총영사 등 공직에서 직분을 다하는 친구들도 있다. 또 속초와 인천 연안부두의 지킴이 금남이와 화순이도

먼 길을 달려왔다.

세상의 어떤 스타보다 샛별 같은 이름들이다. 살얼음 같은 객지에서 여기까지 오는 동안 너덜경을 걸었을 친구들의 50여 년 삶이 그려진다. 가슴이 먹먹하다. 모두 훈장감이다.

마음 찡한 자기소개가 끝나고. '삼오회원의 건강을 위하여!' 회장의 건배사 선창에 이어진 우렁찬 복창, '위하여!'가 대한민국의 심장인 광화문 광장을 한바탕 들었다 놓는다. 잠시 끊겼던 이야기 물꼬는 다시 이어지고, 그 물줄기는 이 밤에 함평 해보국민학교 운동장까지 닿을 것 같다.

전후 세대인 우리들, 어릴 때부터 허기진 보릿고개를 수없이 넘었다. 여름에는 옥수수와 감자로 끼니를 때우기도 했고. 가을에 추수를 해도, 좋은 벼는 빚을 갚아야 했다. 그때는 춘궁기에 벼 두 섬을 빌리면 그해 가을에 벼 석 섬을 갚아야 하는 빚이었다. 요즘의 비정한 사채보다 훨씬 무서운 악마였던 셈이다. 그렇게 빚을 갚고, 검불 속에 남은 쭉정이를 찧은 싸라기로 대가족이 겨울을 나야 했다.

우리는 봄가을이면 학교에서 나누어주는 하얀 구충제(산토닌)를 몇 알씩 삼키며 기생충과의 전쟁도 치렀다. 구충제를 먹고 나면 속이 메슥거리고 하늘과 땅, 산이 돌았다. 교실과 친구 얼굴도 노랗게 빙글빙글 돌던 그 약. 어지러워 책상에 엎드려 있는 우리들에게 선생님께서 다음날의 과제를 어김없이 내주었다. '대변에 회충이 몇 마리 섞여 나왔는지 확인하여 적어내기'였다. 그 숙제는 차라리 산토닌을 한 줌 더 먹는 일보다 싫었던 기억이 지금도 환하다.

기생충들은 그 와중에 무얼 얻어먹겠다고 주린 뱃속을 그토록 몰강스럽게 훑었을까. 요즘 불경기로 어려운 기업체들에 강제기부를 요구하는 비선실세붙이들 같다. 무소불위의 권력을 등에 업고 호가호위하던 실세라는 사람들, 자고 나면 듣도 보도 못한 황당한 일들과 연루된 이름들이 고구마 줄기처럼 불거진다. 끝이 없다. 이들을 위한 산토닌은 없을까?

초등학교 동기 동창들, 다른 어떤 친구들보다 메밀꽃 같은 이야기를 많이 공유한 것 같다. "그때 너희들은 왜 그렇게 못 살게 굴었느냐? 필통 숨기고, 책상에 38선 긋고." 지금도 여전히 날씬하고 예쁜 옥희가 때를 만난 듯 남자 친구들을 당조짐한다. 그 시절의 개구쟁이들이 빙그레 웃으며 허연 뒷머리를 긁적인다. 인자한 할배가 영락없다. 사람도 익으면 부드러워지는가 보다. 연이어 터지는 폭소에 시계는 꼼짝없이 50년 전으로 돌아가 멈춰 있다. 곰삭은 이야기 반찬으로 배보다 마음이 불룩해지는 저녁 식사, 진수성찬이다.

'성자야, 옥임아, 명순아, 옥희야, 화순아, 재님아, 금주야!' 흰머리 성성한 남녀가 서울 한복판에서 스스럼없이 이름을 부른다. 그 풀꽃 같은 이름들 속에는 까까머리, 단발머리일 때 이야기가 자분자분 숨을 쉬고 있다. 지긋한 친구들, 서로 이름을 불러주니 모두 자운영 꽃 같은 아이가 된다. 곱게 익어가는 이순(耳順) 친구들의 재롱이 천진스럽다. 50년 만에 광화문에서 벌어진 인생역(驛), 참 아름다운 대합실이다.

2015.12.

동서의 향기

"형님, 몇 시쯤 도착하나요? 음식 준비 완료. 내일 뵈요."

순천에서 날아든 둘째 동서의 카톡 한 줄. 짧은 한 마디에 순천만 갈잎 노래가 배어 있다. 떡고물처럼 묻어온 살랑바람도 시원하게 귀를 적신다.

우리는 해마다 추석 일주일쯤 전에 형제들이 모여서 벌초를 한다. 올해도 9월 15일 벌초 날로 정하고 수원, 광주, 순천에서 광암마을 막골 산소에 모여들었다. 산소 앞에 도래방석을 편 듯 둥그렇게 앉았다. 그동안의 근황들을 자분자분 나누고, 오랜만에 보는 형제들의 얼굴에서 그간의 생활상이 환하게 읽힌다. 어떤 시동생은 좀 괜찮아보이고, 어떤 시동생은 안쓰럽도록 야위었다. 마음이 찡하다. 큰며느리의 마음이 이러할 때, 지하에 누우신 부모님의 넋은 어떠할까 싶다. 이제는 각자 일가(一家)를 이룬 칠 남매가 튼실하게 스크럼을 짜고 잘 살아야 할 텐데….

29년 전이다. 스물여섯 살 고운 동서를 순천 어느 다방에서 처음 만났다. 맞선을 보는 자리였다. 큰형수 자격으로 시어머니 모시고 동석했던 것. 그녀와 나는 성(姓)도 다르고 자라온 환경도 달랐지만 우리 가족이 된 듯 한눈에 반가워서 두 손을 덥석 잡았다. 서른세 살 노총각 시동생보다 어쩐 일인지 내가 더 반가웠다.

그녀와 나, 초록 이파리 두 장이 감잎처럼 곱게 물들어 시부모님의 묘 앞에 나붓이 앉았다. 동서는 은빛 햇살을 등에 받으며 들꽃 같은 이야기를 끝없이 풀어놓는다.

동서는 아들만 셋이고, 난 딸만 넷이다. 동서 왈. "형님은 비행기를 네 번 타겠지만, 난 리어카라도 타게 될지 모르겠다." 하며 울상이다. 그러나 동서의 세 아들은 하나같이 효자다. 큰조카는 해양대학교를 졸업하고 해양경찰이 되었고, 둘째 조카도 그 길을 가고 있다. 재작년에 목포해양대학교를 졸업하고, 큰 배를 타고 세계를 일주하고 있다. 셋째 조카는 대기업 삼성에 입사했다. 요즘 같이 취업이 어려운 때, 제각기 알아서 척척 들어가는 게 부모에게 비행기 태워주는 일보다 더 큰 효도일 것이다. 동서는 아마도 리어카가 아니라 로켓을 탈 것 같다. 나는 네 살, 세 살인 조롱박 같은 외손주들 이야기로 간을 맞춘다.

산기슭에는 개여뀌와 산부추꽃이 한창이다. 이들도 우리들의 정담에 귀를 팔랑팔랑 세운다. 스물아홉 해 동안 우리는 시댁이라는 같은 문지방을 넘나들며 같은 색깔의 시댁물이 들어간다.

"어야, 준비는 내가 다 해야 하는데, 바쁜 자네가 그리 했는가. 올해는 자네가 내 복까지 다 받소."

팥죽 한 그릇에 장자 권을 동생 야곱에게 넘겨준 성경의 에서처럼 큰며느리 복을 다 넘겨주어도 아깝지 않을 둘째 동서다.

처음엔 말수도 없고 안상(安詳)하던 동서였다. 세월 탓일까? 이젠 그녀가 편하게 이야기를 잘한다. 지금 여기 누워계시는 어머님께서도 우리들의 얘기를 저 들꽃처럼 듣고 계실까? '그랴, 그랴, 너희들이 질로 이쁘다. 내 아들들의 버럭 성질을 받아내며 잘살아줘서 고맙다.' 웅숭깊은 어머님의 음성이 지하에서 산부추의 꽃대를 타고 들려온다.

남편이라는 연으로 인해 만난 사이. 어떻게 보면 공감할 것이 전혀 없을 것 같다. 그런데도 동서를 만나면 늘 시간이 부족하다. 날밤을 새우기도 한다. 명절 때면 참게딱지 같은 아이들을 한마당 풀어놓고, 우리들의 수다는 파 마늘 다지는 도마 소리와 쌍벽을 이루며 주방을 채웠다. 동서들과 나는 친정 자매들에게도 할 수 없는 이야기보따리를 스스럼없이 풀어헤쳤다. 너무 부지런하여 우리들에게 앉을 틈을 주지 않는 시어머니와 남자답지 않게 잘 삐치는 남편들의 흉을 털어내는 게 고작이다. 그렇게라도 무거웠던 가슴을 털고 나면 한동안은 후련하다.

연한 풀잎 같던 동서는 아들 셋을 키우고, 불치병과 동행하는 남편까지 건사하면서 억새가 되었다. 동서는 20년째 '태양석유집' 배달차의 조수석을 낙타봉처럼 지키고 있다. 그녀의 가녀린 몸 어디에서 그런 힘이 나올까? 그녀는 산동네 입구에 배달 차를 세우고, 한 사람이 겨우 지날 수 있는 골목길에 긴 호스를 늘인다. 굵은 호스를 끌고 올라가는 모습이 흡사 제 몸의 열 배나 되는 먹이를 물고 가는 일개미 같다.

청대처럼 자라나는 아들 3형제가 동서의 에너지원이 아닐까 싶다. 그녀의 키를 훌쩍 넘는 3형제 조카들 옆에 서면 기드온 용사 삼백 명 같다. 가끔 조카들의 실팍한 등을 다독여본다. 참 든든하다.

동서는 힘든 속내를 잘 드러내지 않는다. 얼굴은 항상 환하고, 가진 것을 나눠주길 좋아한다. 그래서인지 개업할 때 손님들이 20년째 단골로 이어지는 사람들도 많단다. 환경이 사람을 변화시킨다고 했던가? 조용하던 동서는 유머가 풍부해졌다. 그녀는 소실점을 알 수 없는 휘몰이판을 걷고 있으면서도 다섯 동서 중에 웃음을 가장 많이 선사한다. '박순복', 그 이름처럼 노후에는 그득한 복으로 지금의 힘든 시간을 벌충했으면 좋겠다.

동서는 요란한 예초기 소리를 한사코 손사래 치며 가슴을 연다. 쌓인 이야기를 섬진강 물처럼 잔잔하게 쏟아낸다. 요즘도 서방님이 심심찮게 동네 아주머니들과 화투판을 벌인다는 하소연이다. 아무리 말려도 듣지 않는단다.

"그 버릇은 아직도 개를 못 주는갑다. 이제 놓을 때도 됐건만. 동서야, 삼 형제 아들 바라보며, 심껏 살다 보면 좋은 끝이 올 겨."

어머님 생전에, 내가 힘들어할 때면 해주시던 말씀을 나도 모르게 동서에게 하고 있다. 불확실한 미래에 대하여 어떤 말로 확신을 줄 수 있단 말인가. 어머님도 그때 내게 해줄 수 있는 최상의 위로의 말이 그 말씀이었을까? 지천명을 훌쩍 넘도록 힘들어하는 동서에게 위로해줄 말을 찾기 어렵다. 불확실하지만 어머니의 말씀처럼 힘을 내자고 다독인다. '심껏 살아보자고….'

2015.09.

텃밭에서

:: 동이 튼다. 동녘 하늘에 치잣물을 부은 듯하다. 새벽잠을 털어낸 발길은 어느새 텃밭가에 섰다. 이슬 묻은 달큼한 바람결이 코끝에 닿는다. 까치 소리가 머릿속에 박하사탕처럼 화하게 퍼진다. 어린잎들이 반려견처럼 꼬리를 흔든다. 세상에 누가 이렇게 이른 아침에 반겨줄까?

흙냄새를 만지고 싶어서 단독주택으로 이사했다. 나는 농촌에서 태어나고 자랐다. 그런 고향을 떠나온 지 30여 년, 도회지생활은 밥 속에 덜 익은 콩처럼 늘 설컹거렸다. 도시에선 머리를 쓰면서 살아야 하는 반면, 시골에선 자연에 특히 식물에 마음을 쓰면서 사는 일이 많다. 그래서 삶이 설컹거리지 않고 한결 숙부드럽다.

소쿠리 같은 용인 남사면 봉무리 마을로 옮겨온 지 2년이 된다. 아궁이를 만들어 무쇠솥을 거는 등, 편리한 도시생활에 익숙해져버린 몸과 마음을 아날로그로 되돌리느라 애쓰고 있다. 이곳엔 구멍가게 하나도 없다. 불편한 게 많다. 그렇지만 소음과 매연으로 질편한 자동차 물결과 아파트 숲을 떠나온 일은 잘한 것 같다.

아파트에선 밖으로 한 번 나갈 때 몇 개의 문을 통과했다. 먼저 육중한 현관 철문을 열 때부터 숨이 턱 막힌다. 다음엔 엘리베이터 철문이 또 버틴다. 한참을 기다려서 타고 내려가면 출입구에 큰 문이 장승처럼 다시 막아서고. 급한 일이라도 있을 땐 땅으로 내려오는 길이 참 멀다. 그렇게 내려와도 사방팔방 어디에도 흙길은 없다. 모두 매초롬하게 포장된 골목길과 도로뿐이다. 신발에 흙 한 자밤도 묻지 않는다. 내 집에 들어가는데도 또 냉기 드는 철문을 통과하며 CCTV의 부리부리한 총알에 온몸은 벌집이 된다. 하루에도 몇 번씩 그 지난한 과정을 반복했다.

이곳에선 현관문 한 번 열면 바로 마당이고 텃밭이다. 이웃과의 관계도 아파트와는 다르다. 비 오는 날이면 부침개 접시가 낮은 울타리를 넘나든다. 그 옛날 친정어머니의 시래깃국 뚝배기가 옆집으로 돌담을 넘었듯이. 때늦게 이웃사촌을 실감한다. 이런 정은 낮은 울타리에서 오는 것 같다. 시골의 돌담처럼 안과 밖을 나누는 상징적 의미만 갖는 낮은 울타리는 도시의 아파트 철문이나 높은 담에서 느끼는 긴장감이 전혀 없다. 서로 드나들기에 편하다.

텃밭 가꾸기는 초보자이지만 이웃을 오가며 보고 배운다. 그러면서 더 친근해진다. 무슨 씨앗이든지 제때에 뿌리는 것이 가장 중요하다. 공부하는 일은 늦깎이로도 가능하지만, 흙에 씨앗 들이는 일은 때를 놓치면 그만인 듯하다. 때맞춰 흙속에 들어간 씨앗은 내 발걸음 소리를 들으며 싹을 틔운다. 그 작은 생명도 직립인 나처럼 지구에 꼰지발을 딛고 우주에 닿아있지 않은가. 그래서 장자는 인간은 다른 자연 대상과 동등한 존재라고 했는지 모르겠다.

자잘한 씨앗들은 그토록 아리잠직한 떡잎들을 어느 주머니에 다 담고 있었을까? 모종비 한 자락에 싹을 오보록이 내민다. 비는 산천초목과 텃밭의 상추 한 포기까지 태어나게 하고 다 성장하도록 키운다. 그래서 봄날의 이슬비, 여름날의 작달비 등 빗소리는 그냥 어떤 소리가 아니다. 생명의 소리다. 그러기에 언제 들어도 달뜬 마음이 곡진하게 가라앉는다.

남새들이 하루가 다르게 이파리를 더해가는 모습이 경이롭다. 들여다볼수록 나와 푸성귀와의 경계가 허물어진다. 흡사 딸들이 조롱조롱 태어나고 자라던 모습 같다. 이런 아이들의 공간에 게릴라 같은 애벌레떼가 습격하기도 한다. 농약이라는 핵폭탄으로 당장 퇴치하고 싶다. 그러나 사용하지 않는다. 자연 안에서 한 식구인 그들이 절반을 먹는다 한들 무에 그리 앵할 것인가. 너도 먹고 나도 먹고.

어라? 그런데 그게 아니다. 오늘 아침에도 얀정 없이 살생을 하고 말았다. 어제까지 멀쩡하던 배추 몇 포기가 속잎까지 구멍이 숭숭 뚫려 있다. 밤사이 게릴라들이 습격을 해온 모양이다. 지체 없이 수색작업에 돌입한다. 이파리 낱장을 하나씩 제친다. '옳거니. 바로 너였구나.' 영악한 애벌레다. 이런 때를 위해서 배춧잎인 양 통통한 몸에 초록 물까지 들였다. 숨을 죽이고 이파리에 착 달라붙어 내가 언제 배춧잎을 먹었느냐며 시치미를 딱 뗀다. 촌각도 지체할 수 없다. 잡아내어 호미 끝으로 짓뭉개버린다. 그 순간에는 내 눈에도 살기(殺氣)가 비쳤을까? 그러지 않고는 생명을 그토록 잔인하게 죽이지 못할 것이다. 무섭다. 내 입에만 넣기 위해 청량한 가을 아침에 수십 마리의 목숨을 해치고 말았다. 같이 먹자던 너그러운 마음은 온데간데없다.

가을 달빛이 소소(炤炤)할 땐 마당과 텃밭 사이를 오가며 맥없이 밤마실을 돈다. 자시(子時)의 달빛 속에 서면, 슬픔인지 기쁨인지 모르게 눈가가 핑그르르 젖는다. 꼭 집히지 않는 그 무엇이 달무리에 푸르게 번진다. 망아(忘我)의 경지가 어떤 것인지 모르지만, 그 순간은 누구의 아내도 엄마도 할미도 아니다. 오직 달과 나만 있을 뿐이다. 새털구름 지르밟고 달 옆으로 다가간 듯, 상그레 웃는 달의 얼굴이 바로 눈앞에 있다.

박경리 소설가도 한동안 원주 시골에서 살았다. 그는 긴 시간 집필하다가 호미 들고 한식경 풀을 매곤 했다. 그렇게 흙을 만지거나 구름바다 위를 달리는 달과 함께 놀고 나면, 힐링이 되어 필력에 속도가 붙는다고 했다. 영혼이 무딘 나는 고소한 그 맛을 언제쯤이나 알게 될까?

끝없이 용서하는 어머니 같은 흙살에 마음껏 스킨십하는 시간이 좋다. 월척은 아니지만 글 고기도 한 마리씩은 낚아 올릴 셈이다. 그리고 애벌레 같은 나의 한살이를 마치게 될 때, 조붓한 서재에서 자손들의 배웅을 받으며 우주의 태(胎) 속으로 순하게 들고 싶다. 무, 배추, 상추 씨앗들이 흙 속에 들듯이….

2018.10